SAN MANUEL BUENO, MARTIR, Y TRES HISTORIAS MAS

MIGUEL DE UNAMUNO

SAN MANUEL BUENO,
BUENO,
MÁRTIR,
Y TRES HISTORIAS MAS

Decimonovena edición

COLECCION AUSTRAL

ESPASA CALPE

Primera edición:	10 - IV - 1942
Segunda edición:	23 - XI - 1945
Tercera edición:	8 - I - 1951
Cuarta edición:	3 - X - 1956
Quinta edición:	27 - IX - 1963
Sexta edición:	24 - VIII - 1966
Séptima edición:	12 - VII - 1969
Octava edición:	28 - VI - 1972
Novena edición:	9 - XI - 1974
Décima edición:	16 - II - 1976
Undécima edición:	17 - XI - 1977
Duodécima edición:	24 - V - 1978
Decimotercera edición:	9 - III - 1979
Decimocuarta edición:	30 - X - 1980
Decimoquinta edición:	5 - XI - 1981
Decimosexta edición:	19 - X - 1983
Decimoséptima edición:	30 - X - 1984
Decimoctava edición:	20 - IX - 1985
Decimonovena edición:	5 - I - 1987

—

Maqueta de cubierta: Enric Satué

—

Depósito legal: M. 42.725 — 1986

ISBN 84 — 239 — 0254 — 4

Impreso en España

Printed in Spain

Acabado de imprimir el día 5 de enero de 1987

Talleres gráficos de la Editorial Espasa-Calpe, S. A.

Carretera de Irún, km. 12,200. 28049 Madrid

ÍNDICE

PRÓLOGO

En 1920 reuní en un volumen mis tres novelas cortas o cuentos largos: *Dos madres*, *El marqués de Lumbría* y *Nada menos que todo un hombre*, publicadas antes en revistas, bajo el título común de *Tres novelas ejemplares y un prólogo*. Éste, el prólogo, era también, como allí decía, otra novela. Novela y no *nivola*. Y ahora recojo aquí tres nuevas novelas bajo el título de la primera de ellas, ya publicadas en *La Novela de Hoy*, número 461 y último de la publicación, correspondiente al día 13 de marzo de 1931 —estos detalles los doy para la insaciable casta de los bibliógrafos—, y que se titulaba: SAN MANUEL BUENO, MÁRTIR. En cuanto a las otras dos: LA NOVELA DE DON SANDALIO, JUGADOR DE AJEDREZ, y UN POBRE HOMBRE RICO O EL SENTIMIENTO CÓMICO DE LA VIDA, aunque destinadas en mi intención primero para publicaciones periódicas —lo que es económicamente más provechoso para el autor—, las he ido guardando en espera de turno, y al fin me decido a publicarlas aquí, sacándolas de la inedición. Aparecen, pues, éstas bajo el patronato de la primera, que ha obtenido ya cierto éxito.

En efecto, en *La Nación*, de Buenos Aires, y algo más tarde en *El Sol*, de Madrid, número del 3 de diciembre de 1931 —nuevos datos para bibliógrafos—, Gregorio Marañón publicó un artículo sobre mi SAN MANUEL BUENO, MÁRTIR, asegurando que ella, esta novelita, ha de ser una de mis obras más leídas y gustadas en adelante como una de las más características de mi producción toda novelesca. Y quien dice novelesca —agrego yo— dice filosófica y teológica. Y así como él pienso yo, que tengo la conciencia de haber puesto en ella todo mi sentimiento trágico de la vida cotidiana.

Luego hacía Marañón unas brevísimas consideraciones sobre la desnudez de la parte puramente material en mis relatos. Y es que creo que dando el espíritu de la carne, del hueso, de la roca, del agua, de la nube, de todo lo demás visible, se da la verdadera e íntima realidad, dejándole al lector que la revista en su fantasía.

Es la ventaja que lleva el teatro. Como mi novela *Nada menos que todo un hombre*, escenificada luego por Julio de Hoyos bajo el título de *Todo un hombre*, la escribí ya en vista del tablado teatral, me ahorré todas aquellas descripciones del físico de los personajes, de los aposentos y de los paisajes, que deben quedar al cuidado de actores, escenógrafos y tramoyistas. Lo que no quiere decir, ¡claro está!, que los personajes de la novela o del drama escrito no sean tan de carne y hueso como los actores mismos, y que el ámbito de su acción no sea tan natural y tan concreto y tan real como la decoración de un escenario.

Escenario hay en SAN MANUEL BUENO, MÁRTIR, sugerido por el maravilloso y tan sugestivo lago de San Martín de la Castañeda, en Sanabria, al pie de las ruinas de un convento de Bernardos y donde vive la leyenda de una ciudad, Valverde de Lucerna, que yace en el fondo de las aguas del lago. Y voy a estampar aquí dos poesías que escribí a raíz de haber visitado por primera vez ese lago el día primero de junio de 1930. La primera dice:

> San Martín de la Castañeda,
> espejo de soledades,
> el lago recoje edades
> de antes del hombre y se queda
> soñando en la santa calma
> del cielo de las alturas
> en que se sume en honduras
> de anegarse, ¡pobre!, el alma...
> Men Rodríguez, aguilucho
> de Sanabria, el ala rota,
> ya el cotarro no alborota
> para cobrarse el conducho.
> Campanario sumergido
> de Valverde de Lucerna,

toque de agonía eterna
bajo el caudal del olvido.
La historia paró, al sendero
de San Bernardo la vida
retorna, y todo se olvida
lo que no fuera primero.

Y la segunda, ya de rima más artificiosa, decía y
dice así:

¡Ay Valverde de Lucerna,
hez del lago de Sanabria!,
no hay leyenda que dé cabria
de sacarte a luz moderna.
Se queja en vano tu bronce
en la noche de San Juan,
tus hornos dieron su pan,
la historia se está en su gonce.
Servir de pasto a las truchas
es, aun muerto, amargo trago;
se muere Riba de Lago,
orilla de nuestras luchas.

En efecto, la trágica y miserabilísima aldea de Riba
de Lago, a la orilla del de San Martín de la Castañeda,
agoniza y cabe decir que se está muriendo. Es de una
desolación tan grande como la de las alquerías, ya
famosas, de las Jurdes. En aquellos pobrísimos tugu-
rios, casuchas de armazón de madera recubierto de
adobes y barro, se hacina un pueblo al que ni le es
permitido pescar las ricas truchas en que abunda el
lago y sobre las que una supuesta señora creía haber
heredado el monopolio que tenían los monjes Bernardos de San Martín de la Castañeda.

Esta otra aldea, la de San Martín de la Castañeda,
con las ruinas del humilde monasterio, agoniza también junto al lago, algo elevada sobre su orilla. Pero
ni Riba de Lago, ni San Martín de la Castañeda, ni Ga-
lande, el otro pobladillo más cercano al Lago de Sanabria —este otro mejor acomodado—, ninguno de los
tres puede ser ni fué el modelo de mi Valverde de
Lucerna. El escenario de la obra de mi Don Manuel
Bueno y de Angelina y Lázaro Carballino supone un
desarrollo mayor de vida pública, por pobre y humilde que ésta sea, que la vida de esas pobrísimas y hu-
mildísimas aldeas. Lo que no quiere decir, ¡claro está!,
que yo suponga que en éstas no haya habido y aún

haya vidas individuales muy íntimas e intensas, ni tragedias de conciencia.

Y en cuanto al fondo de la tragedia de los tres protagonistas de mi novelita no creo poder ni deber agregar nada al relato mismo de ella. Ni siquiera he querido añadirle algo que recordé después de haberlo compuesto —y casi de un solo tirón—, y es que al preguntarle en París una dama acongojada de escrúpulos religiosos a un famoso y muy agudo abate si creía en el infierno y responderle éste: "Señora, soy sacerdote de la Santa Iglesia Católica Apostólica Romana, y usted sabe que en ésta la existencia del infierno es verdad dogmática o de fe", la dama insistió en "Pero usted, monseñor, ¿cree en ello?", y el abate, por fin: "¿Pero por qué se preocupa usted tanto, señora, de si hay o no infierno, si no hay nadie en él...?" No sabemos que la dama le añadiera esta otra pregunta: "Y en el cielo, ¿hay alguien?"

Y ahora, tratando de narrar la oscura y dolorosa congoja cotidiana que atormenta al espíritu de la carne y al espíritu del hueso de hombres y mujeres de carne y hueso espirituales, ¿iba a entretenerme en la tan hacedera tarea de describir revestimientos pasajeros y de puro viso? Aquí lo de Francisco Manuel de Melo en su *Historia de los movimientos, separación y guerra de Cataluña en tiempo de Felipe IV, y política militar,* donde dice: "He deseado mostrar sus ánimos, no los vestidos de seda, lana y pieles, sobre que tanto se desveló un historiador grande de estos años, estimado en el mundo." Y el colosal Tucídides, dechado de historiadores, desdeñando esos realismos aseguraba haber querido escribir "una cosa para siempre, más que una pieza de certamen que se oiga de momento". ¡Para siempre!

Pero voy más lejos aún, y es que no tan sólo importan poco para una novela, para una verdadera novela, para la tragedia o la comedia de unas almas, las fisonomías, el vestuario, los gestos materiales, el ámbito material, sino que tampoco importa mucho lo que suele llamarse el argumento de ella. Y es lo que creo haber puesto de manifiesto en LA NOVELA DE DON SANDALIO, JUGADOR DE AJEDREZ. Claro está que esta novela sin argumento no puede llevarse a la pantalla del cinematógrafo; pero ésta creo que es su mayor y mejor excelencia. Porque así como estimo que los mejores versos líricos no pueden llevarse a la lira, no son cantables, y que la música no hace sino estropear su recitado, de modo que como hay romanzas sin palabras hay romances sin romanza, así también estimo que los mejores y más íntimos dramas no son peliculables, y que el que escriba en vista de la pantalla ha de padecer mucho por ello. Mi Don Sandalio está libre de ella, de la pantalla, me figuro.

Don Sandalio es un personaje visto desde fuera, cuya vida interior se nos escapa, que acaso no la tiene; es un personaje que no monologa como tantos otros personajes novelescos o nivolescos —para este término véase mi *Niebla*—, pero que aun así no cabe en la pantalla. En la que no se pueden proyectar, como suele hacerse, sus ensueños, sus monólogos.

¿Monólogos? Lo que así se llama suelen ser monodiálogos, diálogos que sostiene uno con los otros que son, por dentro, él, con los otros que componen esa sociedad de individuos que es la conciencia de cada individuo. Y ese monodiálogo es la vida interior que en cierto modo niegan los llamados en América *behavioristas*, los filósofos de la conducta, para los que la conciencia es el misterio inasequible o lo inconocible.

¿Pero es que mi Don Sandalio no tiene vida interior, no tiene conciencia, o sea con-saber de sí mismo, es que no monodialoga? ¿Pues qué es una partida de ajedrez sino un monodiálogo, un diálogo que el jugador mantiene con su compañero y competidor de juego? Y aún más, ¿no es un diálogo y hasta una controversia que mantienen entre sí las piezas todas del tablero, las negras y las blancas?

Véase, pues, cómo mi Don Sandalio tiene vida interior, tiene monodiálogo, tiene conciencia. Sin que a ello empezca el que su hija, su hija misteriosa para el observador de fuera, fuese como otro alfil, otra torre u otra reina.

Y como en el epílogo a esa novela he dicho ya cuanto a este respecto había que decir, no es cosa de que ahora recalque sobre ello, no sea que alguien se figure que cuando he escrito novelas ha sido para revestir disquisiciones psicológicas, filosóficas o metafísicas. Lo que después de todo no sería sino hacer lo que han hecho todos los novelistas dignos de este nombre, a sabiendas o no de ello. Todo relato tiene su sentido trascendente, tiene su filosofía, y nadie cuenta nada sin otra finalidad que contar. Que contar nada, quiero decir. Porque no hay realidad sin idealidad.

Y si alguien dijera que en este relato de la vida de Don Sandalio me he puesto o, mejor, me he entrometido y entremetido yo más que en otros relatos —¡y no es poco!—, le diré que mi propósito era entrometerle y entremeterle al lector en él, hacer que se dé cuenta de que no se goza de un personaje novelesco sino cuando se le hace propio, cuando se consiente que el mundo de la ficción forme parte del mundo de la permanente realidad íntima. Por lo menos, de la realidad terráquea.

"¿*Terráquea?* —dirá el lector—. ¿Y eso?" Pues que hay una porción de nombres, sustantivos y adjetivos, a los que hay que libertar de su confinamiento. Así, por ejemplo, de *tierra,* derivan los adjetivos *térreo, terroso, terreno, terrenal, terrestre* y *terráqueo,* pero éste queda confinado al globo —el globo terráqueo—. Y si lo aplicamos a otro sustantivo haremos que el lector pare mientes en ambos. Será como una llamada de atención o acaso una piedra de escándalo o tropiezo. Un adjetivo convexo, así como en la gramática arábiga se nos habla de verbos cóncavos.

Sólo haciendo el lector, como hizo antes el autor, propios los personajes que llamamos de ficción, haciendo que formen parte del pequeño mundo —el microcosmo— que es su conciencia, vivirá en ellos y por ellos. ¿No vive acaso Dios, la Conciencia Universal, en el gran mundo —el macrocosmo—, en el Universo que al soñarlo crea? ¿Y qué es la historia humana sino un sueño de Dios? Por lo cual yo, a semejanza de aquella sentencia medieval francesa de *Gesta Dei per francos,* o sea "Hechos de Dios por medio de los francos", forjé esta otra de *Somnia Dei per hispanos*, "Sueños de Dios por medio de los hispanos". Que los que vivimos la sentencia calderoniana de que "la vida es sueño" sentimos también la shakespeariana de que estamos hechos de la estofa misma de los sueños, que somos un sueño de Dios y que nuestra historia es la que por nosotros Dios sueña. Nuestra historia y nuestra leyenda y nuestra épica y nuestra tragedia y nuestra comedia y nuestra novela, que en uno se funden y confunden los que respiran aire espiritual en nuestras obras de imaginación, y nosotros, que respiramos aire natural en la obra de la imaginación, del ensueño de Dios. Y no queremos pensar en que se despierte. Aunque, bien considerado, el despertarse es dejar de dormir, pero no de soñar, y de soñarse. Lo peor sería que Dios se durmiese a dormir sin soñar, a envolverse en la nada.

Y queda UN POBRE HOMBRE RICO O EL SENTIMIENTO CÓMICO DE LA VIDA. ¿Por qué le puse este segundo miembro, este estrambote, a su propio título? No sabría decirlo a ciencia cierta. Desde luego, acordándome de la obra que me ha valido más prestigio —*praestigia*, en latín, quiere decir engaño, ilusión— entre los hombres de espíritu serio y reflexivo, o sea religioso. ¿Es que yo suponía que esta novelita iba a ser como el sainete que sigue a la tragedia, o como una juguetona raza de sol al salir de una caverna lúgubre y lóbrega? ¡Qué sé yo...!

Hace unos años esparció por Madrid Eusebio Blasco un sucedido con un dicharacho que se hizo proverbial en gracia a su gracejo. Y fué que contó que en una reunión de familias de Granada, la dueña de la casa, al dirigirse a un caballero, empezó: "Dígame... Pero, antes: ¿se llama usted Sainz Pardo, o Sanz Pardo, o Sáez de Pardo?" A lo que el aludido respondió: "Es igual, señora; la cuestión es pasar el rato." Y más tarde agregué yo esta sentencia: "... sin adquirir compromisos serios", redondeándola así.

¡La cuestión es pasar el rato! Etimológicamente, el rato es el *rapto*, el arrebato. Y la cuestión es pasar el arrebato, pero sin dejarse arrebatar por él, sin adquirir compromiso serio, sin comprometerse. De otro modo le llamamos a esto matar el tiempo. Y matar el tiempo es la esencia acaso de lo cómico, lo mismo que la esencia de lo trágico es matar la eternidad.

El sentimiento más cómico, y sobre todo en amor —o lo que lo valga—, es el de no comprometerse. Lo que lleva a los mayores compromisos. Así como hay un cómico fatal, trágico, en las señoras de incierta edad, presas de la menopausia, que no pueden ya comprometerse.

Lo mismo en mi obra *El sentimiento trágico de la vida* que en *La agonía del cristianismo*, el cogollo humano lo forma la cuestión de la maternidad y la paternidad, de la perpetuidad de la especie humana, y en esta novelita vuelve en otra forma, y sin que yo me lo hubiese propuesto, al escribirla, sino que me he dado cuenta de ello después de escrita, vuelve la misma eterna y temporal cuestión. ¿Y es que el hombre y con él su mujer se dan a propagarse para conservarse, o se dan a conservarse para propagarse? Y no quiero sacar aquí a colación al profeta puritano Malthus.

Si a alguien le pareciera mal que junte en un tomo a SAN MANUEL BUENO con UN POBRE HOMBRE RICO, póngase a reflexionar y verá qué íntimas profundas relaciones unen al hombre que comprometió toda su vida a la salud eterna de sus prójimos, renunciando a reproducirse, y al que no quiso comprometerse, sino ahorrarse.

Si me dejase llevar de mi afición a las digresiones más o menos pertinentes —la cuestión es hacer pasar el rato al lector sin comprometerle demasiado la atención—, me daría a rebuscar por qué a los personajes de esta mi novelita les llamé como les llamé y no de otro modo, por qué a Rosita Rosita, y no Angustias, Tránsito —esto es: muerte—, Dolores —Lolita— o Soledad —Solita—, o tal vez Amparito, Socorrito o Consuelito —Chelito—, o Remedita, diminutivo de Remedios, nombres tan significativos y alusivos. Pero esta

digresión me llevaría demasiado lejos, enredándome
en no sé qué ringlera de conceptismo que tanto se me
puede echar en cara.

¡Conceptismo! He de confesar, ¡por Quevedo!, que
en esta novelita he procurado contar las cosas a la
pata la llana, pero no he podido esquivar ciertos con-
ceptismos y hasta juego de palabras con que distraer
unas veces y atraer otras la atención del lector. Porque el conceptismo es muy útil, lector desatento. Y te
lo voy a explicar.

Tengo imaginado hace tiempo haber de escribir un
tratado de *La razón y el ser*, en el que trate de la
razón de ser, la razón de no ser, la sinrazón de ser y
la sinrazón de no ser —no te estoy tomando el pelo
con camelos—, y en el cual exponga todos los más
corrientes y molientes lugares comunes en otra forma
que aquella en que son consabidos, y con el sano propósito de renovarlos. Pues hace ya bastantes años que
escandalicé a los que entonces redactaban un sema-
nario de la ramplonería que se titulaba *Gedeón*, por
decir que repensar los lugares comunes es el mejor
medio de librarse de su maleficio, sentencia que le
pareció no sé si un camelo, una paradoja o un embolis-
mo a Navarro Ledesma. Pues bien: para los lectores
gedeónicos he de escribir mi *La razón y el ser*.

Si, pongo por caso, llegase a escribir en ese mi tratado, *intringulisizando*, como me dice un amigo, que
"la razón de no ser hoy la monarquía en España no
presupone la sinrazón de serlo cuando lo fué en tantos
entonces", lo haría para que al tropezar el lector adre-
de atento, no el gedeónico, en este mi hacer frases y
lugares propios —o apropiados— no fuera a dormirse
en la rodera de las frases hechas y los lugares comunes. Que si eso no sería sino decir lo que ya tantas
veces se ha dicho en otras formas, en una forma nueva,
en reforma de expresión, serviría para lograr la con-
formidad del lector antes desatento.

Leyendo el *Criticón* del P. Baltasar Gracián, S. J.,
me ha irritado su afán por los juegos de palabras y
los retruécanos; pero después me he dado a pensar
que el famoso diálogo *Parménides*, del divino Platón,
no es en gran parte más que un enorme —esto es:

fuera de norma— retruécano metafísico. Y se me ha
contagiado no poco de nuestro Gracián. Así él dice
una vez que no hay que tomar a pechos lo que se
puede echar a espaldas, a lo que pongo esta nota mar-
ginal: "Desde que sentí el espaldarazo de Dios, haciéndome su caballero, no son las espaldas, sino los
pechos los que debo tener guardados, y no encojerme
de ellos, sino ir de avance."

Y basta, pues no vaya el lector, en vista de estas
intringulisadas explicaciones, a creer que la novelita de
que aquí trato se escribiese para otra cosa que para
divertirle. Para divertirle y no para convertirle. ¡Como
si, por otra parte, no fuese poca conversión una dis-
tracción! Y aquí permítame el lector —¡no lo volveré
a hacer en este prólogo!— otra digresión o diversión
lingüística, y es que del participio latino *diversus*, de
divertere, verter de lado, apartar una corriente, viene
nuestro *divieso* —como de *traversus* viene travieso, y
de *adversus* avieso—, y que no pocas diversiones nos
traen y nos resultan diviesos más o menos malignos.
Pero no quiero, lector, serte tan avieso, no ser tan travieso que te llene de diviesos este escrito.
¿Juego de palabras? Sin duda que pueden ser peligrosos, pero no tanto como los juegos de manos, que
suelen ser peligrosísimos. Por algo se dijo lo de "juegos de manos, juegos de villanos". ¿Y los de palabras? En el *Cantar de mio Cid*, Per Vermúdez le ar-
guye a Ferrando, uno de los infantes de Carrión y
yerno de Rodrigo Díaz de Vivar, diciéndole (versos
3326 y 3327):

> ¡E eres fermoso, mas mal varragán!
> Lengua sin manos, ¿cuemo osas fablar?

"Lengua sin manos, ¿cómo te atreves a hablar?"
Y Celedonio Ibáñez, el de esta mi novelita —o nivole-
ta—, le decía una vez a Emeterio Alfonso, su protagonista, comentando este venerable texto de nuestro primer vagido poético castellano, así: "Sí, malo será que
una lengua sin manos ose hablar, pero es peor acaso
que unas manos sin lengua se atrevan a obrar. ¡Manos

sin lengua! ¿Te das cuenta, Emeterio, de lo que esto
significa?" Y aquí Celedonio sonreía socarronamente
para socarrar los escrúpulos de Emeterio. Aunque, por
mi parte, me doy cuenta de que no son lo mismo juegos
de palabras que juegos de lengua, aunque no pocas
veces aquéllos conduzcan a éstos.

Y ahora se le presentará a algún lector descontenta-
dizo esta cuestión: ¿por qué he reunido en un volumen,
haciéndoles correr la misma suerte, a tres novelas de
tan distinta, al parecer, inspiración? ¿Qué me ha hecho
juntarlas?

Desde luego que fueron concebidas, gestadas y pari-
das sucesivamente y sin apenas intervalos, casi en una
ventregada. ¿Habría algún fondo común que las em-
parentara?, ¿me hallaría yo en algún estado de ánimo
especial? Poniéndome a pensar, claro que a redroma-
no o *a posteriori*, en ello, he creído darme cuenta de
que tanto a Don Manuel Bueno y a Lázaro Carballino como a Don Sandalio el ajedrecista y al corresponsal de Felipe que cuenta su novela y, por otra
parte, no tan sólo a Emeterio Alfonso y a Celedonio
Ibáñez, sino a la misma Rosita, lo que les atosigaba
era el pavoroso problema de la personalidad, si uno
es lo que es y seguirá siendo lo que es.

Claro está que no obedece a un estado de ánimo
especial en que me hallara al escribir, en poco más de
dos meses, estas tres novelitas, sino que es un estado
de ánimo general en que me encuentro, puedo decir
que desde que empecé a escribir. Ese problema, esa
congoja, mejor, de la conciencia de la propia personalidad —congoja unas veces trágica y otras cómica—
es el que me ha inspirado para casi todos mis personajes de ficción. Don Manuel Bueno busca, al ir a
morirse, fundir —o sea salvar— su personalidad en
la de su pueblo; Don Sandalio recata su personalidad
misteriosa, y en cuanto al pobre hombre Emeterio se
la quiere reservar, ahorrativamente, para sí mismo, y
al fin sirve a los fines de otra personalidad.

¿Y no es, en el fondo, este congojoso y glorioso problema de la personalidad el que guía en su empresa

a Don Quijote, el que dijo lo de "¡yo sé quién soy!"
y quiso salvarla en alas de la fama imperecedera? ¿Y
no es un problema de personalidad el que acongojó al
príncipe Segismundo, haciéndole soñarse príncipe en el
sueño de la vida?

Precisamente ahora, cuando estoy componiendo este
prólogo, he acabado de leer la obra *O lo uno o lo otro
(Enten-Eller)* de mi favorito Sören Kierkegaard, obra
cuya lectura dejé interrumpida hace unos años —antes
de mi destierro—, y en la sección de ella que se titu-
la "Equilibrio entre lo estético y lo ético en el desarrollo de la personalidad" me he encontrado con un
pasaje que me ha herido vivamente y que viene como
estrobo al tolete para sujetar el remo —aquí pluma—
con que estoy remando en este escrito. Dice así el
pasaje:

*Sería la más completa burla al mundo si el que
habría expuesto la más profunda verdad no hubiera
sido un soñador, sino un dudador. Y no es impensable
que nadie pueda exponer la verdad positiva tan exce-
lentemente como un dudador; sólo que éste no la cree.
Si fuera un impostor, su burla sería suya; pero si fuera un dudador que deseara creer lo que expusiese, su
burla sería ya enteramente objetiva; la existencia se
burlaría por medio de él; expondría una doctrina que
podría esclarecerlo todo, en que podría descansar todo
el mundo; pero esa doctrina no podría aclarar nada a
su propio autor. Si un hombre fuera precisamente tan
avisado que pudiese ocultar que estaba loco, podía volver loco al mundo entero.*

Y no quiero aquí comentar ya más ni el martirio de
Don Quijote ni el de Don Manuel Bueno, martirios
quijotescos los dos.

Y adiós, lector, y hasta más encontrarnos, y quiera
Él que te encuentres a ti mismo.

Madrid, 1932.

Había cerrado en intención este prólogo, dándole ya por concluído, cuando he aquí que del mal ordenado acervo de mis publicaciones periódicas, de mi archivo de escritos impresos, saca uno de mis familiares una novelita que tenía yo ya olvidada, y es la que con el título de UNA HISTORIA DE AMOR apareció en el número del 22 de diciembre de 1911 —hace ya cerca de veintidós años— de *El Cuento Semanal.*

Tan olvidada la tenía, que al reaparecer apenas recordaba sino alguno de los grabados que la ilustraban —como se dice—, y el nombre de la heroína: Liduvina. Y no he querido volver a leerla. ¿Para qué? Aunque decidiendo, eso sí, que se agregue a las otras tres y forme con ellas este cuaterno de novelas cortas. Prefiero darla así a la prensa, sin revisarla, sin releerla, no sea que me dé por comentarla al cabo de más de veinte años. Y váyase a la prensa. Y ni siquiera he de corregir las pruebas.

Sólo hay un, al parecer, detalle, que no debo dejar pasar sin comentario, y es la selección que hice del nombre de la heroína de esa historia de amor que escribí a mis cuarenta y siete años, nombre que es lo que de ella recordaba: Liduvina.

¡Liduvina! ¿Por qué me ha perseguido ese nombre, ya que a otra de mis figuras femeninas, a una de *Niebla,* le di el mismo? Y conste que no recuerdo a ninguna mujer que llevara ese nombre, y eso que no es tan raro en la región salmantina.

Hay desde luego un motivo lingüístico, y es que de Liduvina han hecho Ludivina, y luego, por lo que se llama etimología popular, Luzdivina. ¿Pero es que no hay una íntima relación, claro que inconsciente para el pueblo, entre Liduvina y Luzdivina?

El nombre de Liduvina viene de Santa Lidwine de Schiedam, aquella monjita holandesa cuya vida narró, uno de los últimos, Huysmans, pues que se prestaba a ciertas truculencias místicas —o mejor ascéticas— del converso literario. Aquella santita que vivió sufriendo en su macerado cuerpecillo, que pedía al Señor que le trasladara todos aquellos sufrimientos corporales que no pudiesen soportar otros fieles sin sentirse arrastrados a la desesperación o acaso a la blasfemia. Y cuando la pobrecita se vió en trance de muerte pidió que su carne se derritiese en grasa con que se alimentara la lámpara del santuario del Santísimo. Pidió derretirse de amor.

En uno de mis escritos periódicos le llamé a la santita holandesa almita de luciérnaga. De luciérnaga y no de estrella. Es en el cielo espiritual, no una estrella, sino una luciérnaga. Y es que la lumbrecita de la luciérnaga es luz más divina que la del Sol y la de cualquiera estrella. Pues en ser viviente como es la luciérnaga, creemos que su lucecita, perdida entre yerba, sirve al amor, al tiro de la pareja, tiene un para qué vital, mientras que la del Sol... Y si se nos dijere que esto es finalismo, teleología, diremos que la teleología es teología, que Dios no es un porqué, sino un para qué.

Cuenta la Biblia que cuando el profeta Elías, yendo por el desierto, se metió en una cueva del monte Horeb, se le llegó Jehová, pero no en el huracán que rompía los peñascos, ni en el terremoto que se le siguió, ni en el fuego, sino en un "susurro apacible y delicado". Y así Dios se nos revela mejor en la lucecita de la luciérnaga que no en la lumbre encegadora del Sol. El corazón tiene también su luz —me lo dice el lector, ese desconocido—, que sube a las niñas de los ojos, y éstos miran para ver y no para no ver —*invidere*—, no para envidiar, no para des-ver, no para aojar o hacer mal de ojo. Y hay quien al mirar así ilumina lo que mira, y lo admira. Por su parte —lector mío desconocido—, el ardor del seso se va a las manos y a los dedos de éstas y a las yemas de los dedos. Y es lo que llaman la acción para diferenciarla de la contemplación.

Como no he releído UNA HISTORIA DE AMOR, no recuerdo si la monjita de aquella novela tiene algo de la santita holandesa, de aquella alma de luciérnaga que pedía derretirse de amor en la lámpara del santuario dando luz divina. Quédese mi Liduvina de hace veintidós años como la engendré entonces.

Y ahora, basta ya de prólogo, que si me dejo llevar de él voy a dar en lo más peligroso, cual es ponerme a comentar los sucesos —que no hechos— políticos y sociales de esta España de 1933. ¡Atrás!, ¡atrás! Ésta sería otra novela, la novela de un prólogo que se parecería a mi *Cómo se hace una novela,* el más entrañado y dolorido relato que me haya brotado del hondón del alma, y que escribí en aquellos días de mi París, en 1925.

Adiós, pues, lector.

Madrid, marzo de 1933.

SAN MANUEL BUENO, MÁRTIR

Si sólo en esta vida esperamos en
Cristo, somos los más miserables de
los hombres todos.

(SAN PABLO, I Corintios, xv, 19.)

Ahora que el obispo de la diócesis de Renada, a la
que pertenece esta mi querida aldea de Valverde de
Lucerna, anda, a lo que se dice, promoviendo el proceso para la beatificación de nuestro Don Manuel, o
mejor San Manuel Bueno, que fué en ésta párroco,
quiero dejar aquí consignado, a modo de confesión y
sólo Dios sabe, que no yo, con qué destino, todo lo
que sé y recuerdo de aquel varón matriarcal que lleno
toda la más entrañada vida de mi alma, que fué mi
verdadero padre espiritual, el padre de mi espíritu, del
mío, el de Ángela Carballino.

Al otro, a mi padre carnal y temporal, apenas si le
conocí, pues se me murió siendo yo muy niña. Sé que
había llegado de forastero a nuestra Valverde de Lucerna, que aquí arraigó al casarse aquí con mi madre. Trajo consigo unos cuantos libros, el *Quijote*,
obras de teatro clásico, algunas novelas, historias, el
Bertoldo, todo revuelto, y de esos libros, los únicos
casi que había en toda la aldea, devoré yo ensueños
siendo niña. Mi buena madre apenas si me contaba
hechos o dichos de mi padre. Los de Don Manuel, a
quien, como todo el pueblo, adoraba, de quien estaba
enamorada —claro que castísimamente—, le habían
borrado el recuerdo de los de su marido. A quien enco-
mendaba a Dios, y fervorosamente, cada día al rezar
el rosario.

De nuestro Don Manuel me acuerdo como si fuese
de cosa de ayer, siendo yo niña, a mis diez años, antes

de que me llevaran al Colegio de Religiosas de la
ciudad catedralicia de Renada. Tendría él, nuestro santo, entonces unos treinta y siete años. Era alto, del-
gado, erguido, llevaba la cabeza como nuestra Peña
del Buitre lleva su cresta, y había en sus ojos toda
la hondura azul de nuestro lago. Se llevaba las miradas de todos, y tras ellas, los corazones, y él al mirar-
nos parecía, traspasando la carne como un cristal, mi-
rarnos al corazón. Todos le queríamos, pero sobre todo
los niños. ¡Qué cosas nos decía! Eran cosas, no palabras. Empezaba el pueblo a olerle la santidad; se
sentía lleno y embriagado de su aroma.

Entonces fué cuando mi hermano Lázaro, que estaba en América, de donde nos mandaba regularmente
dinero con que vivíamos en decorosa holgura, hizo que
mi madre me mandase al Colegio de Religiosas, a que
se completara fuera de la aldea mi educación, y esto
aunque a él, a Lázaro, no le hiciesen mucha gracia las
monjas. "Pero como ahí —nos escribía— no hay hasta
ahora, que yo sepa, colegios laicos y progresivos, y
menos para señoritas, hay que atenerse a lo que haya.
Lo importante es que Angelita se pula y que no siga
entre zafias aldeanas." Y entré en el Colegio, pensando
en un principio hacerme en él maestra, pero luego se
me atragantó la pedagogía.

En el Colegio conocí a niñas de la ciudad e intimé
con algunas de ellas. Pero seguía atenta a las cosas y a
las gentes de nuestra aldea, de la que recibía frecuentes noticias y tal vez alguna visita. Y hasta al Colegio
llegaba la fama de nuestro párroco, de quien empezaba a hablarse en la ciudad episcopal. Las monjas no
hacían sino interrogarme respecto a él.

Desde muy niña alimenté, no se bien cómo, curio-
sidades, preocupaciones e inquietudes debidas, en parte al menos, a aquel revoltijo de libros de mi padre,
y todo ello se me medró en el Colegio, en el trato,
sobre todo con una compañera que se me aficionó
desmedidamente y que unas veces me proponía que
entrásemos juntas a la vez en un mismo convento, ju-
rándonos, y hasta firmando el juramento con nuestra

sangre, hermandad perpetua, y otras veces me hablaba, con los ojos semicerrados, de novios y de aventuras matrimoniales. Por cierto que no he vuelto a saber de ella ni de su suerte, Y eso que cuando se hablaba de nuestro Don Manuel, o cuando mi madre me decía algo de él en sus cartas —y era en casi todas—, que yo leía a mi amiga, ésta exclamaba como en arrobo: "¡Qué suerte, chica, la de poder vivir cerca de un santo así, de un santo vivo, de carne y hueso, y poder besarle la mano! Cuando vuelvas a tu pueblo escríbeme mucho, mucho y cuéntame de él."

Pasé en el Colegio unos cinco años, que ahora se me pierden como un sueño de madrugada en la lejanía del recuerdo, y a los quince volví a mi Valverde de Lucerna. Ya toda ella era Don Manuel; Don Manuel con el lago y con la montaña. Llegué ansiosa de conocerle, de ponerme bajo su protección, de que él me marcara el sendero de mi vida.

Decíase que había entrado en el Seminario para hacerse cura, con el fin de atender a los hijos de una su hermana recién viuda, de servirles de padre; que en el Seminario se había distinguido por su agudeza mental y su talento y que había rechazado ofertas de brillante carrera eclesiástica porque él no quería ser sino de su Valverde de Lucerna, de su aldea perdida como un broche entre el lago y la montaña que se mira en él.

¡Y cómo quería a los suyos! Su vida era arreglar matrimonios desavenidos, reducir a sus padres hijos indómitos o reducir los padres a sus hijos, y sobre todo consolar a los amargados y atediados y ayudar a todos a bien morir.

Me acuerdo, entre otras cosas, de que al volver de la ciudad la desgraciada hija de la tía Rabona, que se había perdido y volvió, soltera y desahuciada, trayendo un hijito consigo, Don Manuel no paró hasta que hizo que se casase con ella un antiguo novio, Perote, y reconociese como suya a la criaturita, diciéndole:

—Mira, da padre a este pobre crío que no le tiene más que en el cielo.

—¡Pero, Don Manuel, si no es mía la culpa...!

—¡Quién lo sabe, hijo, quién lo sabe...!, y sobre todo no se trata de culpa.

Y hoy el pobre Perote, inválido, paralítico, tiene como báculo y consuelo de su vida al hijo aquel que, contagiado de la santidad de Don Manuel, reconoció por suyo no siéndolo.

En la noche de San Juan, la más breve del año, solían y suelen acudir a nuestro lago todas las pobres mujerucas, y no pocos hombrecillos, que se creen poseídos, endemoniados, y que parece no son sino histéricos y a las veces epilépticos, y Don Manuel emprendió la tarea de hacer él de lago, de piscina probática, y tratar de aliviarles y si era posible de curarles. Y era tal la acción de su presencia, de sus miradas, y tal sobre todo la dulcísima autoridad de sus palabras y sobre todo de su voz —¡qué milagro de voz!—, que consiguió curaciones sorprendentes. Con lo que creció su fama, que atraía a nuestro lago y a él a todos los enfermos del contorno. Y alguna vez llegó una madre pidiéndole que hiciese un milagro en su hijo, a lo que contestó sonriendo tristemente:

—No tengo licencia del señor obispo para hacer milagros.

Le preocupaba, sobre todo, que anduviesen todos limpios. Si alguno llevaba un roto en su vestidura, le decía: "Anda a ver al sacristán, y que te remiende eso." El sacristán era sastre. Y cuando el día primero de año iban a felicitarle por ser el de su santo —su santo patrono era el mismo Jesús Nuestro Señor—, quería Don Manuel que todos se le presentasen con camisa nueva, y al que no la tenía se la regalaba él mismo.

Por todos mostraba el mismo afecto, y si a algunos distinguía más con él era a los más desgraciados y a los que aparecían como más díscolos. Y como hubiera en el pueblo un pobre idiota de nacimiento, Blasillo el bobo, a éste es a quien más acariciaba y hasta llegó a enseñarle cosas que parecía milagro que las hubiese podido aprender. Y es que el pequeño rescoldo de inte-

ligencia que aún quedaba en el bobo se le encendía en
imitar, como un pobre mono, a su Don Manuel.

Su maravilla era la voz, una voz divina, que hacía
llorar. Cuando al oficiar en misa mayor o solemne
entonaba el prefacio, estremecíase la iglesia y todos
los que le oían sentíanse conmovidos en sus entrañas.
Su canto, saliendo del templo, iba a quedarse dormido
sobre el lago y al pie de la montaña. Y cuando en el
sermón de Viernes Santo clamaba aquello de: "¡Dios
mío, Dios mío!, ¿por qué me has abandonado?", pasaba por el pueblo todo un temblor hondo como por sobre
las aguas del lago en días de cierzo de hostigo. Y era
como si oyesen a Nuestro Señor Jesucristo mismo,
como si la voz brotara de aquel viejo crucifijo a cuyos
pies tantas generaciones de madres habían depositado
sus congojas. Como que una vez, al oírlo su madre, la
de Don Manuel, no pudo contenerse, y desde el suelo
del templo, en que se sentaba, gritó: "¡Hijo mío!"
Y fué un chaparrón de lágrimas entre todos. Creeríase
que el grito maternal había brotado de la boca entre-
abierta de aquella Dolorosa —el corazón traspasado
por siete espadas— que había en una de las capillas
del templo. Luego Blasillo el tonto iba repitiendo en
tono patético por las callejas, y como en eco, el "¡Dios
mío, Dios mío!, ¿por qué me has abandonado?", y de
tal manera que al oírselo se les saltaban a todos las
lágrimas, con gran regocijo del bobo por su triunfo
imitativo.

Su acción sobre las gentes era tal que nadie se atre-
vía a mentir ante él, y todos, sin tener que ir al confesonario, se le confesaban. A tal punto que como
hubiese una vez ocurrido un repugnante crimen en una
aldea próxima, el juez, un insensato que conocía mal a
Don Manuel, le llamó y le dijo:

—A ver si usted, Don Manuel, consigue que este
bandido declare la verdad.

—¿Para que luego pueda castigársele? —replicó el
santo varón—. No, señor juez, no; yo no saco a nadie
una verdad que le lleve acaso a la muerte. Allá entre
él y Dios... La justicia humana no me concierne. "No
juzguéis para no ser juzgados", dijo Nuestro Señor.

—Pero es que yo, señor cura...

—Comprendido; dé usted, señor juez, al César lo que es del César, que yo daré a Dios lo que es de Dios.

Y al salir, mirando fijamente al presunto reo, le dijo:

—Mira bien si Dios te ha perdonado, que es lo único que importa.

En el pueblo todos acudían a misa, aunque sólo fuese por oírle y por verle en el altar, donde parecía transfigurarse, encendiéndosele el rostro. Había un santo ejercicio que introdujo en el culto popular, y es que, reuniendo en el templo a todo el pueblo, hombres y mujeres, viejos y niños, unas mil personas, recitábamos al unísono, en una sola voz, el Credo; "Creo en Dios Padre Todopoderoso, Criador del Cielo y de la Tierra..." y lo que sigue. Y no era un coro, sino una sola voz, una voz simple y unida, fundidas todas en una y haciendo como una montaña, cuya cumbre, perdida a las veces en nubes, era Don Manuel. Y al llegar a lo de "creo en la resurrección de la carne y la vida perdurable" la voz de Don Manuel se zambullía, como en un lago, en la del pueblo todo, y era que él se callaba. Y yo oía las campanadas de la villa que se dice aquí que está sumergida en el lecho del lago —campanadas que se dice también se oyen la noche de San Juan— y eran las de la villa sumergida en el lago espiritual de nuestro pueblo; oía la voz de nuestros muertos que en nosotros resucitaban en la comunión de los santos. Después, al llegar a conocer el secreto de nuestro santo, he comprendido que era como si una caravana en marcha por el desierto, desfallecido el caudillo al acercarse al término de su carrera, le tomaran en hombros los suyos para meter su cuerpo sin vida en la tierra de promisión.

Los más no querían morirse sino cojidos de su mano como de un ancla.

Jamás en sus sermones se ponía a declamar contra impíos, masones, liberales o herejes. ¿Para qué, si no los había en la aldea? Ni menos contra la mala prensa. En cambio, uno de los más frecuentes temas de sus sermones era contra la mala lengua. Porque él lo disculpaba todo y a todos disculpaba. No quería creer en la mala intención de nadie.

—La envidia —gustaba repetir— la mantienen los que se empeñan en creerse envidiados, y las más de las persecuciones son efecto más de la manía persecutoria que no de la perseguidora.

—Pero fíjese, Don Manuel, en lo que me ha querido decir...

Y él:

—No debe importarnos tanto lo que uno quiera decir como lo que diga sin querer...

Su vida era activa y no contemplativa, huyendo cuanto podía de no tener nada que hacer. Cuando oía eso de que la ociosidad es la madre de todos los vicios, contestaba: "Y del peor de todos, que es el pensar ocioso." Y como yo le preguntara una vez qué es lo que con eso quería decir, me contestó: "Pensar ocioso es pensar para no hacer nada o pensar demasiado en lo que se ha hecho y no en lo que hay que hacer. A lo hecho pecho, y a otra cosa, que no hay peor que remordimiento sin enmienda." ¡Hacer!, ¡hacer! Bien comprendí yo ya desde entonces que Don Manuel huía de pensar ocioso y a solas, que algún pensamiento le perseguía.

Así es que estaba siempre ocupado, y no pocas veces en inventar ocupaciones. Escribía muy poco para sí, de tal modo que apenas nos ha dejado escritos o notas; mas, en cambio, hacía de memorialista para los demás, y a las madres, sobre todo, les redactaba las cartas para sus hijos ausentes.

Trabajaba también manualmente, ayudando con sus brazos a ciertas labores del pueblo. En la temporada de trilla íbase a la era a trillar y aventar, y en tanto, les aleccionaba o les distraía. Sustituía a las veces a algún enfermo en su tarea. Un día del más crudo invierno se encontró con un niño, muertito de frío, a quien su padre le enviaba a recojer una res a larga distancia, en el monte.

—Mira —le dijo al niño—, vuélvete a casa, a calentarte, y dile a tu padre que yo voy a hacer el encargo.

Y al volver con la res se encontró con el padre, todo confuso, que iba a su encuentro. En invierno partía leña para los pobres. Cuando se secó aquel magnífico nogal —"un nogal matriarcal" le llamaba—, a cuya sombra había jugado de niño y con cuyas nueces se había durante tantos años regalado, pidió el tronco, se lo llevó a su casa y después de labrar en él seis tablas, que guardaba al pie de su lecho, hizo del resto leña para calentar a los pobres. Solía hacer también las pelotas para que jugaran los mozos y no pocos juguetes para los niños.

Solía acompañar al médico en su visita y recalcaba las prescripciones de éste. Se interesaba sobre todo en los embarazos y en la crianza de los niños, y estimaba como una de las mayores blasfemias aquello de: "¡teta y gloria!" y lo otro de: "angelitos al cielo". Le conmovía profundamente la muerte de los niños.

—Un niño que nace muerto o que se muere recién nacido y un suicidio —me dijo una vez— son para mí de los más terribles misterios: ¡un niño en cruz!

Y como una vez, por haberse quitado uno la vida, le preguntara el padre del suicida, un forastero, si le daría tierra sagrada, le contestó:

—Seguramente, pues en el último momento, en el segundo de la agonía, se arrepintió sin duda alguna.

Iba también a menudo a la escuela a ayudar al maestro, a enseñar con él, y no sólo el catecismo. Y es que huía de la ociosidad y de la soledad. De tal modo que por estar con el pueblo, y sobre todo con el mocerío y la chiquillería, solía ir al baile. Y más de una vez se puso en él a tocar el tamboril para que los mozos y las mozas bailasen, y esto, que en otro hubiera parecido grotesca profanación del sacerdocio, en él tomaba un sagrado carácter y como de rito religioso. Sonaba el *Ángelus*, dejaba el tamboril y el palillo, se descubría y todos con él, y rezaba: "El ángel del Señor anunció a María: Ave María..." Y luego: "Y ahora, a descansar para mañana."

—Lo primero —decía— es que el pueblo esté contento, que estén todos contentos de vivir. El contentamiento de vivir es lo primero de todo. Nadie debe querer morirse hasta que Dios quiera.

—Pues yo sí —le dijo una vez una recién viuda—, yo quiero seguir a mi marido...

—¿Y para qué? —le respondió—. Quédate aquí para encomendar su alma a Dios.

En una boda dijo una vez: "¡Ay, si pudiese cambiar el agua toda de nuestro lago en vino, en un vinillo que por mucho que de él se bebiera alegrara siempre sin emborracharse nunca... o por lo menos con una borrachera alegre!"

Una vez pasó por el pueblo una banda de pobres titiriteros. El jefe de ella, que llegó con la mujer gravemente enferma y embarazada, y con tres hijos que le ayudaban, hacía de payaso. Mientras él estaba en la plaza del pueblo haciendo reír a los niños y aun a los grandes, ella, sintiéndose de pronto gravemente indispuesta, se tuvo que retirar, y se retiró escoltada por una mirada de congoja del payaso y una risotada de los niños. Y escoltada por Don Manuel, que luego, en un rincón de la cuadra de la posada, la ayudó a bien morir. Y cuando, acabada la fiesta, supo el pueblo y supo el payaso la tragedia, fuéronse todos a la posada y el pobre hombre, diciendo con llanto en la voz: "Bien se dice, señor cura, que es usted todo un santo", se acercó a éste queriendo tomarle la mano para besársela, pero Don Manuel se adelantó, y tomándosela al payaso, pronunció ante todos:

—El santo eres tú, honrado payaso; te vi trabajar y comprendí que no sólo lo haces para dar pan a tus hijos, sino también para dar alegría a los de los otros, y yo te digo que tu mujer, la madre de tus hijos, a quien he despedido a Dios mientras trabajabas y alegrabas, descansa en el Señor, y que tú irás a juntarte con ella y a que te paguen riendo los ángeles a los que haces reír en el cielo de contento.

Y todos, niños y grandes, lloraban, y lloraban tanto de pena como de un misterioso contento en que la pena se ahogaba. Y más tarde, recordando aquel solemne rato, he comprendido que la alegría imperturbable de Don Manuel era la forma temporal y terrena de una infinita y eterna tristeza que con heroica santidad recataba a los ojos y los oídos de los demás.

Con aquella su constante actividad, con aquel mezclarse en las tareas y las diversiones de todos, parecía querer huir de sí mismo, querer huir de su soledad. "Le temo a la soledad", repetía. Mas, aun así, de vez en cuando se iba solo, orilla del lago, a las ruinas de aquella vieja abadía donde aún parecen reposar las almas de los piadosos cistercienses a quienes ha sepultado en el olvido la Historia. Allí está la celda del llamado Padre Capitán, y en sus paredes se dice que aún quedan señales de las gotas de sangre con que las salpicó al mortificarse. ¿Qué pensaría allí nuestro Don Manuel? Lo que sí recuerdo es que como una vez, hablando de la abadía, le preguntase yo cómo era que no se le había ocurrido ir al claustro, me contestó:

—No es sobre todo porque tenga, como tengo, mi hermana viuda y mis sobrinos a quienes sostener, que Dios ayuda a sus pobres, sino porque yo no nací para ermitaño, para anacoreta; la soledad me mataría el alma, y en cuanto a un monasterio, mi monasterio es Valverde de Lucerna. Yo no debo vivir solo; yo no debo morir solo. Debo vivir para mi pueblo, morir para mi pueblo. ¿Cómo voy a salvar mi alma si no salvo la de mi pueblo?

—Pero es que ha habido santos ermitaños, solitarios... —le dije.

—Sí, a ellos les dió el Señor la gracia de soledad que a mí me ha negado, y tengo que resignarme. Yo no puedo perder a mi pueblo para ganarme el alma. Así me ha hecho Dios. Yo no podría soportar las tentaciones del desierto. Yo no podría llevar solo la cruz del nacimiento.

He querido con estos recuerdos, de los que vive mi fe, retratar a nuestro Don Manuel tal como era cuando yo, mocita de cerca de dieciséis años, volví del Colegio de Religiosas de Renada a nuestro monasterio de Valverde de Lucerna. Y volví a ponerme a los pies de su abad.

—¡Hola, la hija de la Simona —me dijo en cuanto me vió—, y hecha ya toda una moza, y sabiendo francés, y bordar y tocar el piano y qué sé yo qué más! Ahora a prepararte para darnos otra familia. Y tu hermano Lázaro, ¿cuándo vuelve? Sigue en el Nuevo Mundo, ¿no es así?

—Sí, señor, sigue en América...

—¡El Nuevo Mundo! Y nosotros en el Viejo. Pues bueno, cuando le escribas, dile de mi parte, de parte del cura, que estoy deseando saber cuándo vuelve del Nuevo Mundo a este Viejo, trayéndonos las novedades de por allá. Y dile que encontrará al lago y a la montaña como los dejó.

Cuando me fuí a confesar con él mi turbación era tanta que no acertaba a articular palabra. Recé el "yo pecadora" balbuciendo, casi sollozando. Y él, que lo observó, me dijo:

—Pero ¿qué te pasa, corderilla? ¿De qué o de quién tienes miedo? Porque tú no tiemblas ahora al peso de tus pecados ni por temor de Dios, no; tú tiemblas de mí, ¿no es eso?

Me eché a llorar.

—Pero ¿qué es lo que te han dicho de mí? ¿Qué leyendas son ésas? ¿Acaso tu madre? Vamos, vamos, cálmate y haz cuenta que estás hablando con tu hermano...

Me animé y empecé a confiarle mis inquietudes, mis dudas, mis tristezas.

—¡Bah, bah, bah! ¿Y dónde has leído eso, marisabidilla? Todo eso es literatura. No te des demasiado a ella, ni siquiera a Santa Teresa. Y si quieres distraerte lee el *Bertoldo*, que leía tu padre.

Salí de aquella mi primera confesión con el santo hombre profundamente consolada. Y aquel mi temor

primero, aquel más que respeto miedo, con que me
acerqué a él, trocóse en una lástima profunda. Era yo
entonces una mocita, una niña casi; pero empezaba a
ser mujer, sentía en mis entrañas el jugo de la maternidad, y al encontrarme en el confesonario junto
al santo varón, sentí como una callada confesión suya
en el susurro sumiso de su voz y recordé cómo cuando
al clamar él en la iglesia las palabras de Jesucristo:
"¡Dios mío, Dios mío!, ¿por qué me has abandonado?",
su madre, la de Don Manuel, respondió desde el suelo:
"¡Hijo mío!", y oí este grito que desgarraba la quietud del templo. Y volví a confesarme con él para con-
solarle.

Una vez que en el confesonario le expuse una de aquellas dudas, me contestó:

—A eso, ya sabes, lo del Catecismo: "eso no me lo
preguntéis a mí, que soy ignorante; doctores tiene la
Santa Madre Iglesia que os sabrán responder."

—¡Pero si el doctor aquí es usted, Don Manuel...!

—¿Yo, yo doctor?, ¿doctor yo? ¡Ni por pienso! Yo,
doctorcilla, no soy más que un pobre cura de aldea.
Y esas preguntas, ¿sabes quién te las insinúa, quién
te las dirige? Pues... ¡el demonio!

Y entonces, envalentonándome, le espeté a boca de
jarro:

—¿Y si se las dirigiese a usted, Don Manuel?

—¿A quién?, ¿a mí? ¿Y el demonio? No nos conocemos, hija, no nos conocemos.

—¿Y si se las dirigiera?

—No le haría caso. Y basta, ¿eh?, despachemos, que
me están esperando unos enfermos de verdad.

Me retiré, pensando, no sé qué por qué, que nuestro
Don Manuel, tan afamado curandero de endemoniadas, no creía en el demonio. Y al irme hacia mi casa
topé con Blasillo el bobo, que acaso rondaba el templo,
y que al verme, para agasajarme con sus habilidades,
repitió —¡y de qué modo!— lo de "¡Dios mío, Dios
mío!, ¿por qué me has abandonado?" Llegué a casa
acongojadísima y me encerré en mi cuarto para llorar,
hasta que llegó mi madre.

—Me parece, Angelita, con tantas confesiones, que
tú te me vas a ir monja.

—No lo tema, madre —le contesté—, pues tengo harto que hacer aquí, en el pueblo, que es mi convento.

—Hasta que te cases.

—No pienso en ello —le repliqué.

Y otra vez que me encontré con Don Manuel, le pregunté, mirándole derechamente a los ojos:

—¿Es que hay infierno, Don Manuel?

Y él, sin inmutarse:

—¿Para ti, hija? No.

—¿Para los otros, lo hay?

—¿Y a ti qué te importa, si no has de ir a él?

—Me importa por los otros. ¿Lo hay?

—Cree en el cielo, en el cielo que vemos. Míralo —y me lo mostraba sobre la montaña y abajo, reflejado en el lago.

—Pero hay que creer en el infierno, como en el cielo —le repliqué.

—Sí, hay que creer todo lo que cree y enseña a creer la Santa Madre Iglesia Católica Apostólica Romana. ¡Y basta!

Leí no sé qué honda tristeza en sus ojos, azules como las aguas del lago.

Aquellos años pasaron como un sueño. La imagen de Don Manuel iba creciendo en mí sin que yo de ello me diese cuenta, pues era un varón tan cotidiano, tan de cada día como el pan que a diario pedimos en el padrenuestro. Yo le ayudaba cuando podía en sus menesteres, visitaba a sus enfermos, a nuestros enfermos, a las niñas de la escuela, arreglaba el ropero de la iglesia, le hacía, como me llamaba él, de diaconisa. Fuí unos días invitada por una compañera de colegio, a la ciudad, y tuve que volverme, pues en la ciudad me ahogaba, me faltaba algo, sentía sed de la vista de las aguas del lago, hambre de la vista de las peñas de la montaña; sentía, sobre todo, la falta de mi Don Manuel y como si su ausencia me llamara, como si corriese un peligro lejos de mí, como si me necesitara. Empezaba yo a sentir una especie de afecto maternal hacia mi padre espiritual; quería aliviarle del peso de su cruz del nacimiento.

Así fuí llegando a mis veinticuatro años, que es cuando volvió de América, con un caudalillo ahorrado, mi hermano Lázaro. Llegó acá, a Valverde de Lucerna, con el propósito de llevarnos a mí y a nuestra madre a vivir a la ciudad, acaso a Madrid.

—En la aldea —decía— se entontece, se embrutece y se empobrece uno.

Y añadía:

—Civilización es lo contrario de ruralización; ¡aldeanerías no!, que no hice que fueras al Colegio para que te pudras luego aquí, entre estos zafios patanes.

Yo callaba, aun dispuesta a resistir la emigración; pero nuestra madre, que pasaba ya de la sesentena, se opuso desde un principio. "¡A mi edad, cambiar de aguas!", dijo primero; mas luego dió a conocer claramente que ella no podría vivir fuera de la vista de su lago, de su montaña, y sobre todo de su Don Manuel.

—¡Sois como las gatas, que os apegáis a la casa! —repetía mi hermano.

Cuando se percató de todo el imperio que sobre el pueblo todo y en especial sobre nosotras, sobre mi madre y sobre mí, ejercía el santo varón evangélico, se irritó contra éste. Le pareció un ejemplo de la oscura teocracia en que él suponía hundida a España. Y empezó a borbotar sin descanso todos los viejos lugares comunes anticlericales y hasta antirreligiosos y progresistas que había traído renovados del Nuevo Mundo.

—En esta España de calzonazos —decía— los curas manejan a las mujeres y las mujeres a los hombres..., ¡y luego el campo!, ¡el campo!, este campo feudal...

Para él feudal era un término pavoroso; feudal y medieval eran los dos calificativos que prodigaba cuando quería condenar algo.

Le desconcertaba el ningún efecto que sobre nosotras hacían sus diatribas y el casi ningún efecto que hacían en el pueblo, donde se le oía con respetuosa indiferencia. "A estos patanes no hay quien les conmueva." Pero como era bueno por ser inteligente, pronto se dió cuenta de la clase de imperio que Don Manuel ejercía sobre el pueblo, pronto se enteró de la obra del cura de su aldea.

—¡No, no es como los otros —decía—, es un santo!

—Pero ¿tú sabes cómo son los otros curas? —le decía yo, y él:

—Me lo figuro.

Mas aun así ni entraba en la iglesia ni dejaba de hacer alarde en todas partes de su incredulidad, aunque procurando siempre dejar a salvo a Don Manuel. Y ya en el pueblo se fué formando, no sé cómo, una expectativa, la de una especie de duelo entre mi hermano Lázaro y Don Manuel, o más bien se esperaba la conversión de aquél por éste. Nadie dudaba de que al cabo el párroco le llevaría a su parroquia. Lázaro, por su parte, ardía en deseos —me lo dijo luego— de ir a oír a Don Manuel, de verle y oírle en la iglesia, de acercarse a él y con él conversar, de conocer el secreto de aquel su imperio espiritual sobre las almas. Y se hacía de rogar para ello, hasta que al fin, por curiosidad —decía—, fué a oírle.

—Sí, esto es otra cosa —me dijo luego de haberle oído—; no es como los otros, pero a mí no me la da; es demasiado inteligente para creer todo lo que tiene que enseñar.

—Pero ¿es que le crees un hipócrita? —le dije.

—¡Hipócrita... no!, pero es el oficio del que tiene que vivir.

En cuanto a mí, mi hermano se empeñaba en que yo leyese de libros que él trajo y de otros que me incitaba a comprar.

—Conque, ¿tu hermano Lázaro —me decía Don Manuel— se empeña en que leas? Pues lee, hija mía, lee y dale así gusto. Sé que no has de leer sino cosa buena; lee aunque sea novelas. No son mejores las historias que llaman verdaderas. Vale más que leas que no el que te alimentes de chismes y comadrerías del pueblo. Pero lee sobre todo libros de piedad que te den contento de vivir, un contento apacible y silencioso.

¿Le tenía él?

Por entonces enfermó de muerte y se nos murió
nuestra madre, y en sus últimos días todo su hipo
era que Don Manuel convirtiese a Lázaro, a quien esperaba volver a ver un día en el cielo, en un rincón
de las estrellas desde donde se viese el lago y la montaña de Valverde de Lucerna. Ella se iba ya, a ver
a Dios.

—Usted no se va —le decía Don Manuel—, usted
se queda. Su cuerpo aquí, en esta tierra, y su alma
también aquí en esta casa, viendo y oyendo a sus hijos,
aunque éstos ni le vean ni le oigan.

—Pero yo, padre —dijo—, voy a Dios.

—Dios, hija mía, está aquí como en todas partes,
y le verá usted desde aquí, desde aquí. Y a todos
nosotros en Él, y a Él en nosotros.

—Dios se lo pague —le dije.

—El contento con que tu madre se muera —me
dijo— será su eterna vida.

Y volviéndose a mi hermano Lázaro:

—Su cielo es seguir viéndote, y ahora es cuando
hay que salvarla. Dile que rezarás por ella.

—Pero...

—¿Pero...? Dile que rezarás por ella, a quien debes
la vida, y sé que una vez que se lo prometas rezarás
y sé que luego que reces...

Mi hermano, acercándose, arrasados sus ojos en lágrimas, a nuestra madre, agonizante, le prometió so-
lemnemente rezar por ella.

—Y yo en el cielo por ti, por vosotros —respondió
mi madre, y besando el crucifijo y puestos sus ojos en
los de Don Manuel, entregó su alma a Dios.

—"¡En tus manos encomiendo mi espíritu!" —rezó
el santo varón.

Quedamos mi hermano y yo solos en la casa. Lo
que pasó en la muerte de nuestra madre puso a Lázaro
en relación con Don Manuel, que pareció descuidar
algo a sus demás pacientes, a sus demás menestero-
sos, para atender a mi hermano. Íbanse por las tardes

de paseo, orilla del lago, o hacia las ruinas, vestidas
de hiedra, de la vieja abadía de cistercienses.

—Es un hombre maravilloso —me decía Lázaro—.
Ya sabes que dicen que en el fondo de este lago hay
una villa sumergida y que en la noche de San Juan,
a las doce, se oyen las campanadas de su iglesia.

—Sí —le contestaba yo—, una villa feudal y medieval...

—Y creo —añadía él— que en el fondo del alma
de nuestro Don Manuel hay también sumergida, aho-
gada, una villa y que alguna vez se oyen sus campanadas.

—Sí —le dije—, esa villa sumergida en el alma de
Don Manuel, ¿y por qué no también en la tuya?, es
el cementerio de las almas de nuestros abuelos, los
de esta nuestra Valverde de Lucerna... ¡feudal y medieval!

Acabó mi hermano por ir a misa siempre, a oír a
Don Manuel, y cuando se dijo que cumpliría con la
parroquia, que comulgaría cuando los demás comul-
gasen, recorrió un íntimo regocijo al pueblo todo, que
creyó haberle recobrado. Pero fué un regocijo tal, tan
limpio, que Lázaro no se sintió ni vencido ni dismi-
nuído.

Y llegó el día de su comunión, ante el pueblo todo,
con el pueblo todo. Cuando llegó la vez a mi hermano
pude ver que Don Manuel, tan blanco como la nieve
de enero en la montaña y temblando como tiembla el
lago cuando le hostiga el cierzo, se le acercó con la
sagrada forma en la mano, y de tal modo le temblaba
ésta al arrimarla a la boca de Lázaro que se le cayó
la forma a tiempo que le daba un vahído. Y fué mi
hermano mismo quien recogió la hostia y se la llevó
a la boca. Y el pueblo al ver llorar a Don Manuel,
lloró diciéndose: "¡Cómo le quiere!" Y entonces, pues
era la madrugada, cantó un gallo.

Al volver a casa y encerrarme en ella con mi hermano, le eché los brazos al cuello y besándole le dije.

—¡Ay Lázaro, Lázaro, qué alegría nos has dado a
todos, a todos, a todo el pueblo, a todo, a los vivos

y a los muertos y sobre todo a mamá, a nuestra madre!
¿Viste? El pobre Don Manuel lloraba de alegría. ¡Qué
alegría nos has dado a todos!

—Por eso lo he hecho —me contestó.

—¿Por eso? ¿Por darnos alegría? Lo habrás hecho
ante todo por ti mismo, por conversión.

Y entonces Lázaro, mi hermano, tan pálido y tan
tembloroso como Don Manuel cuando le dió la comunión, me hizo sentarme en el sillón mismo donde
solía sentarse nuestra madre, tomó huelgo, y luego,
como en íntima confesión doméstica y familiar, me
dijo:

—Mira, Angelita, ha llegado la hora de decirte la
verdad, toda la verdad, y te la voy a decir, porque debo
decírtela, porque a ti no puedo, no debo callártela y
porque además habrías de adivinarla y a medias, que
es lo peor, más tarde o más temprano.

Y entonces, serena y tranquilamente, a media voz,
me contó una historia que me sumergió en un lago de
tristeza. Cómo Don Manuel le había venido trabajan-
do, sobre todo en aquellos paseos a las ruinas de la
vieja abadía cisterciense, para que no escandalizase,
para que diese buen ejemplo, para que se incorporase
a la vida religiosa del pueblo, para que fingiese creer
si no creía, para que ocultase sus ideas al respecto,
mas sin intentar siquiera catequizarle, convertirle de
otra manera.

—Pero ¿es eso posible? —exclamé consternada.

—¡Y tan posible, hermana, y tan posible! Y cuando
yo le decía: "¿Pero es usted, usted, el sacerdote, el
que me aconseja que finja?", él, balbuciente: "¿Fingir?, ¡fingir no!, ¡eso no es fingir! Toma agua bendita,
que dijo alguien, y acabarás creyendo." Y como yo,
mirándole a los ojos, le dijese: "¿Y usted celebrando
misa ha acabado por creer?", él bajó la mirada al lago
y se le llenaron los ojos de lágrimas. Y así es cómo
le arranqué su secreto.

—¡Lázaro! —gemí.

Y en aquel momento pasó por la calle Blasillo el
bobo, clamando su: "¡Dios mío, Dios mío!, ¿por qué
me has abandonado?" Y Lázaro se estremeció creyen-

do oír la voz de Don Manuel, acaso la de Nuestro Señor Jesucristo.

—Entonces —prosiguió mi hermano— comprendí sus móviles, y con esto comprendí su santidad; porque es un santo, hermana, todo un santo. No trataba al emprender ganarme para su santa causa —porque es una causa santa, santísima—, arrogarse un triunfo, sino que lo hacía por la paz, por la felicidad, por la ilusión si quieres, de los que le están encomendados; comprendí que si les engaña así —si es que esto es engaño— no es por medrar. Me rendí a sus razones, y he aquí mi conversión. Y no me olvidaré jamás del día en que diciéndole yo: "Pero, Don Manuel, la verdad, la verdad ante todo", él, temblando, me susurró al oído —y eso que estábamos solos en medio del campo—: "¿La verdad? La verdad, Lázaro, es acaso algo terrible, algo intolerable, algo mortal; la gente sencilla no podría vivir con ella." "¿Y por qué me la deja entrever ahora aquí, como en confesión?", le dije. Y él: "Porque si no, me atormentaría tanto, tanto, que acabaría gritándola en medio de la plaza, y eso jamás, jamás, jamás. Yo estoy para hacer vivir a las almas de mis feligreses, para hacerles felices, para hacerles que se sueñen inmortales y no para matarles. Lo que aquí hace falta es que vivan sanamente, que vivan en unanimidad de sentido, y con la verdad, con mi verdad, no vivirían. Que vivan. Y esto hace la Iglesia, hacerles vivir. ¿Religión verdadera? Todas las religiones son verdaderas en cuanto hacen vivir espiritualmente a los pueblos que las profesan, en cuanto les consuelan de haber tenido que nacer para morir, y para cada pueblo la religión más verdadera es la suya, la que le ha hecho. ¿Y la mía? La mía es consolarme en consolar a los demás, aunque el consuelo que les doy no sea el mío." Jamás olvidaré estas sus palabras.

—¡Pero esa comunión tuya ha sido un sacrilegio! —me atreví a insinuar, arrepintiéndome al punto de haberlo insinuado.

—¿Sacrilegio? ¿Y él que me la dió? ¿Y sus misas?

—¡Qué martirio! —exclamé.

—Y ahora —añadió mi hermano— hay otro más
para consolar al pueblo.

—¿Para engañarle? —dije.

—Para engañarle no —me replicó—, sino para co-
rroborarle en su fe.

—Y él, el pueblo —dije—, ¿cree de veras?

—¡Qué sé yo...! Cree sin querer, por hábito, por
tradición. Y lo que hace falta es no despertarle. Y que
viva en su pobreza de sentimientos para que no ad-
quiera torturas de lujo. ¡Bienaventurados los pobres
de espíritu!

—Eso, hermano, lo has aprendido de Don Manuel.
Y ahora, dime, ¿has cumplido aquello que le prome-
tiste a nuestra madre cuando ella se nos iba a morir,
aquello de que rezarías por ella?

—¡Pues no se lo había de cumplir! Pero ¿por quién
me has tomado, hermana? ¿Me crees capaz de faltar
a mi palabra, a una promesa solemne, y a una promesa
hecha, y en el lecho de muerte, a una madre?

—¡Qué sé yo...! Pudiste querer engañarla para que
muriese consolada.

—Es que si yo no hubiese cumplido la promesa vi-
viría sin consuelo.

—¿Entonces?

—Cumplí la promesa y no he dejado de rezar ni un
solo día por ella.

—¿Sólo por ella?

—Pues, ¿por quién más?

—¡Por ti mismo! Y de ahora en adelante, por Don
Manuel.

Nos separamos para irnos cada uno a su cuarto, yo
a llorar toda la noche, a pedir por la conversión de
mi hermano y de Don Manuel, y él, Lázaro, no sé bien
a qué.

Después de aquel día temblaba yo de encontrarme
a solas con Don Manuel, a quien seguía asistiendo en
sus piadosos menesteres. Y él pareció percatarse de
mi estado íntimo y adivinar su causa. Y cuando al
fin me acerqué a él en el tribunal de la penitencia
—¿quién era el juez y quién el reo?—, los dos, él y

yo, doblamos en silencio la cabeza y nos pusimos a llorar. Y fué él, Don Manuel, quien rompió el tremendo silencio para decirme con voz que parecía salir de una huesa:

—Pero tú, Angelina, tú crees como a los diez años, ¿no es así? ¿Tú crees?

—Sí creo, padre.

—Pues sigue creyendo. Y si se te ocurren dudas, cállatelas a ti misma. Hay que vivir...

Me atreví, y toda temblorosa le dije:

—Pero usted, padre, ¿cree usted?

Vaciló un momento y reponiéndose me dijo:

—¡Creo!

—¿Pero en qué, padre, en qué? ¿Cree usted en la otra vida?, ¿cree usted que al morir no nos morimos del todo?, ¿cree que volveremos a vernos, a querernos en otro mundo venidero?, ¿cree en la otra vida?

El pobre santo sollozaba.

—¡Mira, hija, dejemos eso!

Y ahora, al escribir esta memoria, me digo: ¿Por qué no me engañó?, ¿por qué no me engañó entonces como engañaba a los demás? ¿Por qué se acongojó?, ¿porque no podía engañarse a sí mismo, o porque no podía engañarme? Y quiero creer que se acongojaba porque no podía engañarse para engañarme.

—Y ahora —añadió—, reza por mí, por tu hermano, por ti misma, por todos. Hay que vivir. Y hay que dar vida.

Y después de una pausa:

—¿Y por qué no te casas, Angelina?

—Ya sabe usted, padre mío, por qué.

—Pero no, no; tienes que casarte. Entre Lázaro y yo te buscaremos un novio. Porque a ti te conviene casarte para que se te curen esas preocupaciones.

—¿Preocupaciones, Don Manuel?

—Yo sé bien lo que me digo. Y no te acongojes demasiado por los demás, que harto tiene cada cual con tener que responder de sí mismo.

—¡Y que sea usted, Don Manuel, el que me diga eso!, ¡que sea usted el que me aconseje que me case para responder de mí y no acuitarme por los demás!, ¡que sea usted!

—Tienes razón, Angelina, no sé ya lo que me digo; no sé ya lo que me digo desde que estoy confesándome contigo. Y sí, sí, hay que vivir, hay que vivir.

Y cuando yo iba a levantarme para salir del templo, me dijo:

—Y ahora, Angelina, en nombre del pueblo, ¿me absuelves?

Me sentí como penetrada de un misterioso sacerdocio y le dije:

—En nombre de Dios Padre, Hijo y Espíritu Santo, le absuelvo, padre.

Y salimos de la iglesia, y al salir se me estremecían las entrañas maternales.

Mi hermano, puesto ya del todo al servicio de la obra de Don Manuel, era su más asiduo colaborador y compañero. Les anudaba, además, el común secreto. Le acompañaba en sus visitas a los enfermos, a las escuelas, y ponía su dinero a disposición del santo varón. Y poco faltó para que no aprendiera a ayudarle a misa. E iba entrando cada vez más en el alma insondable de Don Manuel.

—¡Qué hombre! —me decía—. Mira, ayer, paseando a orillas del lago, me dijo: "He aquí mi tentación mayor." Y como yo le interrogase con la mirada, añadió: "Mi pobre padre, que murió de cerca de noventa años, se pasó la vida, según me lo confesó él mismo, torturado por la tentación del suicidio, que le venía no recordaba desde cuándo, *de nación*, decía, y defendiéndose de ella. Y esa defensa fué su vida. Para no sucumbir a tal tentación extremaba los cuidados por conservar la vida. Me contó escenas terribles. Me parecía como una locura. Y yo la he heredado. ¡Y cómo me llama esa agua que con su aparente quietud —la corriente va por dentro— espeja al cielo! ¡Mi vida, Lázaro, es una especie de suicidio continuo, un combate contra el suicidio, que es igual; pero que vivan ellos, que vivan los nuestros!" Y luego añadió: "Aquí se remansa el río en lago, para luego, bajando a la meseta, precipitarse en cascadas, saltos y torrenteras por las hoces y encañadas, junto a la ciudad, y así se remansa la vida, aquí, en la aldea. Pero la tentación del suicidio es mayor aquí, junto al remanso que espeja de noche las estrellas, que no junto a las cascadas que dan miedo. Mira, Lázaro, he asistido a bien morir a pobres aldeanos, ignorantes, analfabetos que apenas si habían salido de la aldea, y he podido saber de sus labios, y cuando no adivinarlo, la verdadera causa de su enfermedad de muerte, y he podido mirar, allí, a la cabecera de su lecho de muerte, toda la negrura de la sima del tedio de vivir. ¡Mil veces peor que el hambre! Sigamos, pues, Lázaro, suicidándonos en nuestra obra y en nuestro pueblo, y que sueñe éste su vida como el lago sueña el cielo."

—Otra vez —me decía también mi hermano—, cuando volvíamos acá, vimos a una zagala, una cabrera, que enhiesta sobre un picacho de la falda de la montaña, a la vista del lago, estaba cantando con una voz más fresca que las aguas de éste. Don Manuel me detuvo, y señalándomela, dijo: "Mira, parece como si se hubiera acabado el tiempo, como si esa zagala hubiese estado ahí siempre, y como está, y cantando como está, y como si hubiera de seguir estando así siempre, como estuvo cuando no empezó mi conciencia, como estará cuando se me acabe. Esa zagala forma parte, con las rocas, las nubes, los árboles, las aguas, de la naturaleza y no de la historia." ¡Cómo siente, cómo anima Don Manuel a la naturaleza! Nunca olvidaré el día de la nevada en que me dijo: "¿Has visto, Lázaro, misterio mayor que el de la nieve cayendo en el lago y muriendo en él mientras cubre con su toca a la montaña?"

Don Manuel tenía que contener a mi hermano en su celo y en su inexperiencia de neófito. Y como supiese que éste andaba predicando contra ciertas supersticiones populares, hubo de decirle:

—¡Déjalos! ¡Es tan difícil hacerles comprender dónde acaba la creencia ortodoxa y dónde empieza la superstición! Y más para nosotros. Déjalos, pues, mientras se consuelen. Vale más que lo crean todo, aun cosas contradictorias entre sí, a no que no crean nada.

Eso de que el que cree demasiado acaba por no creer nada, es cosa de protestantes. No protestemos. La protesta mata el contento.

Una noche de plenilunio —me contaba también mi hermano— volvían a la aldea por la orilla del lago, a cuya sobrehaz rizaba entonces la brisa montañesa y en el rizo cabrilleaban las razas de la luna llena, y Don Manuel le dijo a Lázaro:

—¡Mira, el agua está rezando la letanía y ahora dice: *ianua caeli, ora pro nobis*, puerta del cielo, ruega por nosotros!

Y cayeron temblando de sus pestañas a la yerba del suelo dos huideras lágrimas en que también, como en rocío, se bañó temblorosa la lumbre de la luna llena.

E iba corriendo el tiempo y observábamos mi hermano y yo que las fuerzas de Don Manuel empezaban a decaer, que ya no lograba contener del todo la insondable tristeza que le consumía, que acaso una enfermedad traidora le iba minando el cuerpo y el alma. Y Lázaro, acaso para distraerle más, le propuso si no estaría bien que fundasen en la iglesia algo así como un sindicato católico agrario.

—¿Sindicato? —respondió tristemente Don Manuel—. ¿Sindicato? ¿Y qué es eso? Yo no conozco más sindicato que la Iglesia, y ya sabes aquello de "mi reino no es de este mundo". Nuestro reino, Lázaro, no es de este mundo...

—¿Y del otro?

Don Manuel bajó la cabeza:

—El otro, Lázaro, está aquí también, porque hay dos reinos en este mundo. O mejor, el otro mundo... vamos, que no sé lo que me digo. Y en cuanto a eso del sindicato, es en ti un resabio de tu época de progresismo. No, Lázaro, no; la religión no es para resolver los conflictos económicos o políticos de este mundo que Dios entregó a las disputas de los hombres. Piensen los hombres y obren los hombres como pensaren y como obraren, que se consuelen de haber nacido, que vivan lo más contentos que puedan en la ilusión de que todo esto tiene una finalidad. Yo no he venido a someter los pobres a los ricos, ni a predicar a éstos que se sometan a aquéllos. Resignación y caridad en todos y para todos. Porque también el rico tiene que resignarse a su riqueza, y a la vida, y también el pobre tiene que tener caridad para con el rico. ¿Cuestión social? Deja eso, eso no nos concierne. Que traen una nueva sociedad, en que no haya ya ricos ni pobres, en que esté justamente repartida la riqueza, en que todo sea de todos, ¿y qué? ¿Y no crees que del bienestar general surgirá más fuerte el tedio a la vida? Sí, ya sé que uno de esos caudillos de la que llaman la revolución social ha dicho que la religión es el opio del pueblo. Opio... Opio... Opio, sí. Démosle opio, y que duerma y que sueñe. Yo mismo con esta mi loca actividad me estoy administrando opio. Y no logro dormir bien y menos soñar bien... ¡Esta terrible pesadilla! Y yo también puedo decir con el Divino Maestro: "Mi alma está triste hasta la muerte." No, Lázaro, no; nada de sindicatos por nuestra parte. Si lo forman ellos me parecerá bien, pues que así se distraen. Que jueguen al sindicato, si eso les contenta.

El pueblo todo observó que a Don Manuel le menguaban las fuerzas, que se fatigaba. Su voz misma, aquella voz que era un milagro, adquirió un cierto temblor íntimo. Se le asomaban las lágrimas con cualquier motivo. Y sobre todo cuando hablaba al pueblo del otro mundo, de la otra vida, tenía que detenerse a ratos cerrando los ojos. "Es que lo está viendo", decían. Y en aquellos momentos era Blasillo el bobo el que con más cuajo lloraba. Porque ya Blasillo lloraba más que reía, y hasta sus risas sonaban a lloros. Al llegar la última Semana de Pasión que con nosotros, en nuestro mundo, en nuestra aldea celebró Don Manuel, el pueblo todo presintió el fin de la tragedia. ¡Y cómo sonó entonces aquel: "¡Dios mío, Dios mío!, ¿por qué me has abandonado?", el último que en público sollozó Don Manuel! Y cuando dijo lo del

Divino Maestro al buen bandolero —"todos los ban-
doleros son buenos", solía decir nuestro Don Manuel—,
aquello de: "mañana estarás conmigo en el paraíso".
¡Y la última comunión general que repartió nuestro
santo! Cuando llegó a dársela a mi hermano, esta vez
con mano segura, después del litúrgico: "... *in vitam
aeternam*" se le inclinó al oído y le dijo: "No hay más
vida eterna que ésta... que la sueñen eterna... eterna
de unos pocos años..." Y cuando me la dió a mí me
dijo: "Reza, hija mía, reza por nosotros." Y luego, algo
tan extraordinario que lo llevo en el corazón como el
más grande misterio, y fué que me dijo con voz que
parecía de otro mundo: "... y reza también por Nuestro Señor Jesucristo..."

Me levanté sin fuerzas y como sonámbula. Y todo
en torno me pareció un sueño. Y pensé: "Habré de
rezar también por el lago y por la montaña." Y luego:
"¿Es que estaré endemoniada?" Y en casa ya, cojí el
crucifijo con el cual en las manos había entregado a
Dios su alma mi madre, y mirándolo a través de mis
lágrimas y recordando el: "¡Dios mío, Dios mío!, ¿por
qué me has abandonado?" de nuestros dos Cristos, el
de esta tierra y el de esta aldea, recé, "hágase tu voluntad, así en la tierra como en el cielo", primero, y
después: "y no nos dejes caer en la tentación, amén".
Luego me volví a aquella imagen de la Dolorosa, con
su corazón traspasado por siete espadas, que había
sido el más doloroso consuelo de mi pobre madre, y
recé: "Santa María, madre de Dios, ruega por nosotros, pecadores, ahora y en la hora de nuestra muerte, amén." Y apenas lo había rezado cuando me dije:
"¿pecadores?, ¿nosotros pecadores?, ¿y cuál es nuestro pecado, cuál?" Y anduve todo el día acongojada
por esta pregunta.

Al día siguiente acudí a Don Manuel, que iba ad-
quiriendo una solemnidad de religioso ocaso, y le dije:

—¿Recuerda, padre mío, cuando hace ya años, al
dirigirle yo una pregunta me contestó: "Eso no me lo
preguntéis a mí, que soy ignorante; doctores tiene la
Santa Madre Iglesia que os sabrán responder"?

—¡Que si me acuerdo!... y me acuerdo que te dije
que ésas eran preguntas que te dictaba el demonio.

—Pues bien, padre, hoy vuelvo yo, la endemoniada, a dirigirle otra pregunta que me dicta mi demonio de la guarda.

—Pregunta.

—Ayer, al darme de comulgar, me pidió que rezara por todos nosotros y hasta por...

—Bien, cállalo y sigue.

—Llegué a casa y me puse a rezar, y al llegar a aquello de "ruega por nosotros, pecadores, ahora y en la hora de nuestra muerte", una voz íntima me dijo: "¿pecadores?, ¿pecadores nosotros?, ¿y cuál es nuestro pecado?" ¿Cuál es nuestro pecado, padre?

—¿Cuál? —me respondió—. Ya lo dijo un gran doctor de la Iglesia Católica Apostólica Española, ya lo dijo el gran doctor de *La vida es sueño*, ya dijo que "el delito mayor del hombre es haber nacido". Ése es, hija, nuestro pecado: el de haber nacido.

—¿Y se cura, padre?

—¡Vete y vuelve a rezar! Vuelve a rezar por nosotros, pecadores, ahora y en la hora de nuestra muerte... Sí, al fin se cura el sueño..., al fin se cura la vida..., al fin se acaba la cruz del nacimiento... Y como dijo Calderón, el hacer bien, y el engañar bien, ni aun en sueños se pierde...

Y la hora de su muerte llegó por fin. Todo el pueblo la veía llegar. Y fué su más grande lección. No quiso morirse ni solo ni ocioso. Se murió predicando al pueblo, en el templo. Primero, antes de mandar que le llevasen a él, pues no podía ya moverse por la perlesía, nos llamó a su casa a Lázaro y a mí. Y allí, los tres a solas, nos dijo:

—Oíd: cuidad de estas pobres ovejas, que se consuelen de vivir, que crean lo que yo no he podido creer. Y tú, Lázaro, cuado hayas de morir, muere como yo, como morirá nuestra Ángela, en el seno de la Santa Madre Católica Apostólica Romana, de la Santa Madre Iglesia de Valverde de Lucerna, bien entendido. Y hasta nunca más ver, pues se acaba este sueño de la vida...

—¡Padre, padre! —gemí yo.

—No te aflijas, Ángela, y sigue rezando por todos los pecadores, por todos los nacidos. Y que sueñen, que sueñen. ¡Qué ganas tengo de dormir, dormir, dormir sin fin, dormir por toda una eternidad y sin soñar!, ¡olvidando el sueño! Cuando me entierren, que sea en una caja hecha con aquellas seis tablas que tallé del viejo nogal, ¡pobrecito!, a cuya sombra jugué de niño, cuando empezaba a soñar... ¡Y entonces sí que creía en la vida perdurable! Es decir, me figuro ahora que creía entonces. Para un niño creer no es más que soñar. Y para un pueblo. Esas seis tablas que tallé con mis propias manos, las encontraréis al pie de mi cama.

Le dió un ahogo y, repuesto de él, prosiguió:

—Recordaréis que cuando rezábamos todos en uno, en unanimidad de sentido, hechos pueblo, el Credo, al llegar al final yo me callaba. Cuando los israelitas iban llegando al fin de su peregrinación por el desierto, el Señor les dijo a Aarón y a Moisés que por no haberle creído no meterían a su pueblo en la tierra prometida, y les hizo subir al monte de Hor, donde Moisés hizo desnudar a Aarón, que allí murió, y luego subió Moisés desde las llanuras de Moab al monte Nebo. a la cumbre del Fasga, enfrente de Jericó, y el Señor le mostró toda la tierra prometida a su pueblo, pero diciéndole a él: "¡No pasarás allá!" y allí murió Moisés y nadie supo su sepultura. Y dejó por caudillo a Josué. Sé tú, Lázaro, mi Josué, y si puedes detener el Sol, detenle, y no te importe del progreso. Como Moisés, he conocido al Señor, nuestro supremo ensueño, cara a cara, y ya sabes que dice la Escritura que el que le ve la cara a Dios, que el que le ve al sueño los ojos de la cara con que nos mira, se muere sin remedio y para siempre. Que no le vea, pues, la cara a Dios este nuestro pueblo mientras viva, que después de muerto ya no hay cuidado, pues no verá nada...

—¡Padre, padre, padre! —volví a gemir.

Y él:

—Tú, Ángela, reza siempre, sigue rezando para que los pecadores todos sueñen hasta morir la resurrección de la carne y la vida perdurable...

Yo esperaba un "¿y quién sabe...?", cuando le dió otro ahogo a Don Manuel.

—Y ahora —añadió—, ahora, en la hora de mi muerte, es hora de que hagáis que se me lleve, en este mismo sillón, a la iglesia para despedirme allí de mi pueblo, que me espera.

Se le llevó a la iglesia y se le puso, en el sillón, en el presbiterio, al pie del altar. Tenía entre sus manos un crucifijo. Mi hermano y yo nos pusimos junto a él, pero fué Blasillo el bobo quien más se arrimó. Quería cojer de la mano a Don Manuel, besársela. Y como algunos trataran de impedírselo, Don Manuel les reprendió diciéndoles:

—Dejadle que se me acerque. Ven, Blasillo, dame la mano.

El bobo lloraba de alegría. Y luego Don Manuel dijo:

—Muy pocas palabras, hijos míos, pues apenas me siento con fuerzas sino para morir. Y nada nuevo tengo que deciros. Ya os lo dije todo. Vivid en paz y contentos y esperando que todos nos veamos un día, en la Valverde de Lucerna que hay allí, entre las estrellas de la noche que se reflejan en el lago, sobre la montaña. Y rezad, rezad a María Santísima, rezad a Nuestro Señor. Sed buenos, que esto basta. Perdonadme el mal que haya podido haceros sin quererlo y sin saberlo. Y ahora, después de que os dé mi bendición, rezad todos a una el Padrenuestro, el Ave María, la Salve, y por último el Credo.

Luego, con el crucifijo que tenía en la mano dió la bendición al pueblo, llorando las mujeres y los niños y no pocos hombres, y en seguida empezaron las oraciones, que Don Manuel oía en silencio y cojido de la mano por Blasillo, que al son del ruego se iba durmiendo. Primero el Padrenuestro con su "hágase tu voluntad así en la tierra como en el cielo", luego el Santa María con su "ruega por nosotros, pecadores, ahora y en la hora de nuestra muerte", a seguida la Salve con su "gimiendo y llorando en este valle de lágrimas", y por último el Credo. Y al llegar a la "resurrección de la carne y la vida perdurable", todo el pueblo sintió que su santo había entregado su alma

a Dios. Y no hubo que cerrarle los ojos, porque se
murió con ellos cerrados. Y al ir a despertar a Blasillo nos encontramos con que se había dormido en el
Señor para siempre. Así que hubo luego que enterrar
dos cuerpos.

El pueblo todo se fué en seguida a la casa del santo
a recojer reliquias, a repartirse retazos de sus vestiduras, a llevarse lo que pudieran como reliquia y recuerdo del bendito mártir. Mi hermano guardó su bre-
viario, entre cuyas hojas encontró, desecada y como
en un herbario, una clavellina pegada a un papel y
en éste una cruz con una fecha.

Nadie en el pueblo quiso creer en la muerte de Don
Manuel; todos esperaban verle a diario, y acaso le
veían, pasar a lo largo del lago y espejado en él o
teniendo por fondo las montañas; todos seguían oyendo
su voz, y todos acudían a su sepultura, en torno a la
cual surgió todo un culto. Las endemoniadas venían
ahora a tocar la cruz de nogal, hecha también por sus
manos y sacada del mismo árbol de donde sacó las
seis tablas en que fué enterrado. Y los que menos queríamos creer que se hubiese muerto éramos mi hermano y yo.

Él, Lázaro, continuaba la tradición del santo y empezó a redactar lo que le había oído, notas de que me
he servido para esta mi memoria.

—Él me hizo un hombre nuevo, un verdadero Lázaro,
un resucitado —me decía—. Él me dió fe.

—¿Fe? —le interrumpía yo.

—Sí, fe, fe en el consuelo de la vida, fe en el contento de la vida. Él me curó de mi progresismo. Porque hay, Ángela, dos clases de hombres peligrosos y
nocivos: los que convencidos de la vida de ultratumba,
de la resurrección de la carne, atormentan, como in-
quisidores que son, a los demás para que, despreciando
esta vida como transitoria, se ganen la otra, y los que
no creyendo más que en este...

—Como acaso tú... —le decía yo.

—Y sí, y como Don Manuel. Pero no creyendo más
que en este mundo, esperan no sé qué sociedad futura,

y se esfuerzan en negarle al pueblo el consuelo.de creer en otro...

—De modo que...

—De modo que hay que hacer que vivan de la ilusión.

El pobre, cura que llegó a sustituir a Don Manuel en el curato entró en Valverde de Lucerna abrumado por el recuerdo del santo y se entregó a mi hermano y a mí para que le guiásemos. No quería sino seguir las huellas del santo. Y mi hermano le decía: "Poca teología, ¿eh?, poca teología; religión, religión." Y yo al oírselo me sonreía pensando si es que no era también teología lo nuestro.

Yo empecé entonces a temer por mi pobre hermano. Desde que se nos murió Don Manuel no cabía decir que viviese. Visitaba a diario su tumba y se pasaba horas muertas contemplando el lago. Sentía morriña de la paz verdadera.

—No mires tanto al lago —le decía yo.

—No, hermana, no temas. Es otro el lago que me llama; es otra la montaña. No puedo vivir sin él.

—¿Y el contento de vivir, Lázaro, el contento de vivir?

—Eso para otros pecadores, no para nosotros, que le hemos visto la cara a Dios, a quienes nos ha mirado con sus ojos el sueño de la vida.

—¿Qué, te preparas a ir a ver a Don Manuel?

—No, hermana, no; ahora y aquí en casa, entre nosotros solos, toda la verdad por amarga que sea, amarga como el mar a que van a parar las aguas de este dulce lago, toda la verdad para ti, que estás abroquelada contra ella...

—¡No, no, Lázaro; ésa no es la verdad!

—La mía, sí.

—La tuya, ¿pero y la de...?

—También la de él.

—¡Ahora no, Lázaro; ahora no! Ahora cree otra cosa, ahora cree...

—Mira, Ángela, una de las veces en que al decirme Don Manuel que hay cosas que aunque se las diga uno a sí mismo debe callárselas a los demás, le repliqué que me decía eso por decírselas a él, esas mismas, a sí mismo, y acabó confesándome que creía que más de uno de los más grandes santos, acaso el mayor, había muerto sin creer en la otra vida.

—¿Es posible?

—¡Y tan posible! Y ahora, hermana, cuida que no sospechen siquiera aquí, en el pueblo, nuestro secreto...

—¿Sospecharlo? —le dije—. Si intentase, por locura, explicárselo, no lo entenderían. El pueblo no entiende de palabras; el pueblo no ha entendido más que vuestras obras. Querer exponerles eso sería como ler a unos niños de ocho años unas páginas de Santo Tomás de Aquino... en latín.

—Bueno, pues cuando yo me vaya, reza por mí y por él y por todos.

Y por fin le llegó también su hora. Una enfermedad que iba minando su robusta naturaleza pareció exacerbársele con la muerte de Don Manuel.

—No siento tanto tener que morir —me decía en sus últimos días—, como que conmigo se muere otro pedazo del alma de Don Manuel. Pero lo demás de él vivirá contigo. Hasta que un día hasta los muertos nos moriremos del todo.

Cuando se hallaba agonizando entraron, como se acostumbra en nuestras aldeas, los del pueblo a verle agonizar, y encomendaban su alma a Don Manuel, a San Manuel Bueno, el mártir. Mi hermano no les dijo nada, no tenía ya nada que decirles; les dejaba dicho todo, todo lo que queda dicho. Era otra laña más entre las dos Valverdes de Lucerna, la del fondo del lago y la que en su sobrehaz se mira; era ya uno de nuestros muertos de vida, uno también, a su modo, de nuestros santos.

Quedé más que desolada, pero en mi pueblo y con mi pueblo. Y ahora, al haber perdido a mi San Manuel, al padre de mi alma, y a mi Lázaro, mi hermano aún más que carnal, espiritual, ahora es cuando me doy

cuenta de que he envejecido y de cómo he envejecido.
Pero ¿es que los he perdido?, ¿es que he envejecido?,
¿es que me acerco a mi muerte?

¡Hay que vivir! Y él me enseñó a vivir, él nos enseñó a vivir, a sentir la vida, a sentir el sentido de la
vida, a sumergirnos en el alma de la montaña, en el
alma del lago, en el alma del pueblo de la aldea, a
perdernos en ellas para quedar en ellas. Él me enseñó
con su vida a perderme en la vida del pueblo de mi
aldea, y no sentía yo más pasar las horas, y los días
y los años, que no sentía pasar el agua del lago. Me
parecía como si mi vida hubiese de ser siempre igual.
No me sentía envejecer. No vivía yo ya en mí, sino
que vivía en mi pueblo y mi pueblo vivía en mí. Yo
quería decir lo que ellos, los míos, decían sin querer.
Salía a la calle, que era la carretera, y como conocía a
todos, vivía en ellos y me olvidaba de mí, mientras que
en Madrid, donde estuve alguna vez con mi hermano,
como a nadie conocía, sentíame en terrible soledad y
torturada por tantos desconocidos.

Y ahora, al escribir esta memoria, esta confesión
íntima de mi experiencia de la santidad ajena, creo
que Don Manuel Bueno, que mi San Manuel y que mi
hermano Lázaro se murieron creyendo no creer lo que
más nos interesa, pero sin creer creerlo, creyéndolo en
una desolación activa y resignada.

Pero ¿por qué —me he preguntado muchas veces—
no trató Don Manuel de convertir a mi hermano también con un engaño, con una mentira, fingiéndose cre-
yente sin serlo? Y he comprendido que fué porque
comprendió que no le engañaría, que para con él no
le serviría el engaño, que sólo con la verdad, con su
verdad, le convertiría; que no habría conseguido nada
si hubiese pretendido representar para con él una comedia —tragedia más bien—, la que representaba para
salvar al pueblo. Y así le ganó, en efecto, para su
piadoso fraude; así le ganó con la verdad de muerte
a la razón de vida. Y así me ganó a mí, que nunca
dejé transparentar a los otros su divino, su santísimo
juego. Y es que creía y creo que Dios nuestro Señor,
por no sé qué sagrados y no escrudiñaderos designios,

les hizo creerse incrédulos. Y que acaso en el acaba-
miento de su tránsito se les cayó la venda. ¿Y yo,
creo?

Y al escribir esto ahora, aquí, en mi vieja casa materna, a mis más que cincuenta años, cuando empiezan
a blanquear con mi cabeza mis recuerdos, está nevando, nevando sobre el lago, nevando sobre la montaña,
nevando sobre las memorias de mi padre, el forastero;
de mi madre, de mi hermano Lázaro, de mi pueblo, de
mi San Manuel, y también sobre la memoria del pobre
Blasillo, de mi San Blasillo, y que él me ampare desde
el cielo. Y esta nieve borra esquinas y borra sombras,
pues hasta de noche la nieve alumbra. Y yo no sé lo
que es verdad y lo que es mentira, ni lo que vi y lo
que soñé —o mejor lo que soñé y lo que sólo vi—,
ni lo que supe ni lo que creí. No sé si estoy traspasando
a este papel, tan blanco como la nieve, mi conciencia
que en él se ha de quedar, quedándome yo sin ella.
¿Para qué tenerla ya...?

¿Es que sé algo?, ¿es que creo algo? ¿Es que esto
que estoy aquí contando ha pasado y ha pasado tal y
como lo cuento? ¿Es que pueden pasar estas cosas?
¿Es que todo esto es más que un sueño soñado dentro
de otro sueño? ¿Seré yo, Ángela Carballino, hoy cin-
cuentona, la única persona que en esta aldea se ve aco-
metida de estos pensamientos extraños para los demás?
¿Y éstos, los otros, los que me rodean, creen? ¿Qué es
eso de creer? Por lo menos, viven. Y ahora creen en
San Manuel Bueno, mártir, que sin esperar inmortalidad les mantuvo en la esperanza de ella.

Parece que el ilustrísimo señor obispo, el que ha pro-
movido el proceso de beatificación de nuestro santo
de Valverde de Lucerna, se propone escribir su vida,
una especie de manual del perfecto párroco, y recoje
para ello toda clase de noticias. A mí me las ha pedido
con insistencia, ha tenido entrevistas conmigo, le he
dado toda clase de datos, pero me he callado siempre
el secreto trágico de Don Manuel y de mi hermano.
Y es curioso que él no lo haya sospechado. Y confío
en que no llegue a su conocimiento todo lo que en esta

memoria dejo consignado. Les temo a las autoridades de la tierra, a las autoridades temporales, aunque sean las de la Iglesia.

Pero aquí queda esto, y sea de su suerte lo que fuere.

¿Cómo vino a parar a mis manos este documento, esta memoria de Ángela Carballino? He aquí algo, lector, algo que debo guardar en secreto. Te la doy tal y como a mí ha llegado, sin más que corregir pocas, muy pocas particularidades de redacción. ¿Que se parece mucho a otras cosas que yo he escrito? Esto nada prueba contra su objetividad, su originalidad. ¿Y sé yo, además, si no he creado fuera de mí seres reales y efectivos, de *alma inmortalidad*? ¿Sé yo si aquel Augusto Pérez, el de mi novela *Niebla*, no tenía razón al pretender ser más real, más objetivo que yo mismo, que creía haberle inventado? De la realidad de este San Manuel Bueno, mártir, tal como me le ha revelado su discípula e hija espiritual Ángela Carballino, de esta realidad no se me ocurre dudar. Creo en ella más que creía el mismo santo; creo en ella más que creo en mi propia realidad.

Y ahora, antes de cerrar este epílogo, quiero recordarte, lector paciente, el versillo noveno de la Epístola del olvidado apóstol San Judas —¡lo que hace un nombre!—, donde se nos dice cómo mi celestial patrono, San Miguel Arcángel —Miguel quiere decir "¿Quién como Dios?", y arcángel, archimensajero—, disputó con el diablo —diablo quiere decir acusador, fiscal— por el cuerpo de Moisés y no toleró que se lo llevase en juicio de maldición, sino que le dijo al diablo: "El Señor te reprenda." Y el que quiera entender que entienda.

Quiero también, ya que Ángela Carballino mezcló a su relato sus propios sentimientos, ni sé que otra cosa quepa, comentar yo aquí lo que ella dejó dicho de que si Don Manuel y su discípulo Lázaro hubiesen confesado al pueblo su estado de creencia, éste, el pueblo, no les habría entendido. Ni les habría creído, añado yo. Habrían creído a sus obras y no a sus palabras,

porque las palabras no sirven para apoyar las obras,
sino que las obras se bastan. Y para un pueblo como
el de Valverde de Lucerna no hay más confesión que
la conducta. Ni sabe el pueblo qué cosa es fe, ni acaso
le importa mucho.

Bien sé que en lo se cuenta en este relato, si se
quiere novelesco —y la novela es la más íntima historia, la más verdadera, por lo que no me explico que
haya quien se indigne de que se llame novela al Evangelio, lo que es elevarle, en realidad, sobre un croni-
cón cualquiera—, bien sé que en lo que se cuenta en
este relato no pasa nada; mas espero que sea porque
en ello todo se queda, como se quedan los lagos y las
montañas y las santas almas sencillas asentadas más
allá de la fe y de la desesperación, que en ellos, en
los lagos y las montañas, fuera de la historia, en divina novela, se cobijaron.

Salamanca, noviembre de 1930.

LA NOVELA DE DON SANDALIO,
JUGADOR DE AJEDREZ

*Alors une faculté pitoyable se déve-
loppa dans leur esprit, celle de voir la
bêtise et de ne plus la tolérer.*

(G. FLAUBERT, *Bouvard et Pécuchet.*)

PRÓLOGO

No hace mucho recibí carta de un lector para mí
desconocido, y luego copia de parte de una correspondencia que tuvo con un amigo suyo y en que éste
le contaba el conocimiento que hizo con un Don Sandalio, jugador de ajedrez, y le trazaba la característica
del Don Sandalio.

"Sé —me decía mi lector— que anda usted a la
busca de argumentos o asuntos para sus novelas o
nivolas, y ahí va uno en estos fragmentos de cartas
que le envío. Como verá, no he dejado el nombre del
lugar en que los sucesos narrados se desarrollaron, y
en cuanto a la época, bástele saber que fué durante
el otoño e invierno de 1910. Ya sé que no es usted de
los que se preocupan de situar los hechos en lugar y
tiempo, y acaso no le falte razón."

Poco más me decía, y no quiero decir más a modo
de prólogo o aperitivo.

I

Ya me tienes aquí, querido Felipe, en este apacible rincón de la costa y al pie de las montañas que se miran en la mar; aquí, donde nadie me conoce ni conozco, gracias a Dios, a nadie. He venido, como sabes, huyendo de la sociedad de los llamados prójimos o semejantes, buscando la compañía de las olas de la mar y de las hojas de los árboles, que pronto rodarán como aquéllas.

Me ha traído, ya lo sabes, un nuevo ataque de misantropía, o mejor de antropofobia, pues a los hombres, más que los odio, los temo. Y es que se me ha exacerbado aquella lamentable facultad que, según Gustavo Flaubert, se desarrolló en los espíritus de su Bouvard y su Pécuchet, y es la de ver la tontería y no poder tolerarla. Aunque para mí no es verla, sino oírla; no ver la tontería —*bêtise*—, sino oír las tonterías que día tras día, e irremisiblemente, sueltan jóvenes y viejos, tontos y listos. Pues son los que pasan por listos los que más tonterías hacen y dicen. Aunque sé bien que me retrucarás con mis propias palabras, aquellas que tantas veces me has oído, de que el hombre más tonto es el que se muere sin haber hecho ni dicho tontería alguna.

Aquí me tienes haciendo, aunque entre sombras humanas que se me cruzan alguna vez en el camino, de Robinsón Crusoe, de solitario. ¿Y no te acuerdas cuando leímos aquel terrible pasaje del Robinsón de cuando éste, yendo una vez a su bote, se encontró sorprendido por la huella de un pie desnudo de hombre en la arena de la playa? Quedóse como fulminado,

como herido por un rayo —*thunderstruck*—, como
si hubiera visto una aparición. Escuchó, miró en torno
de sí sin oír ni ver nada. Recorrió la playa, ¡y tampoco!
No había más que la huella de un pie, dedos, talón,
cada parte de él. Y volvióse Robinsón a su madri-
guera, a su fortificación, aterrado en el último grado,
mirando tras de sí a cada dos o tres pasos, confundiendo árboles y matas, imaginándose a la distancia
que cada tronco era un hombre, y lleno de antojos y
agüeros.

¡Qué bien me represento a Robinsón! Huyo, no de
ver huellas de pies desnudos de hombres, sino de oírles
palabras de sus almas revestidas de necedad, y me
aíslo para defenderme del roce de sus tonterías. Y voy
a la costa a oír la rompiente de las olas, o al monte
a oír el rumor del viento entre el follaje de los árboles.
¡Nada de hombres! ¡Ni de mujer, claro! A lo sumo
algún niño que no sepa aún hablar, que no sepa repetir las gracias que le han enseñado, como a un lo-
rito, en su casa, sus padres.

II

5 de septiembre.

Ayer anduve por el monte conversando silenciosamente con los árboles. Pero es inútil que huya de los
hombres: me los encuentro en todas partes; mis árboles son árboles humanos. Y no sólo porque hayan
sido plantados y cuidados por hombres, sino por algo
más. Todos estos árboles son árboles domesticados y
domésticos.

Me he hecho amigo de un viejo roble. ¡Si le vieras,
Felipe, si le vieras! ¡Qué héroe! Debe de ser muy viejo
ya. Está en parte muerto. ¡Fíjate bien, muerto en
parte!, no muerto del todo. Lleva una profunda herida
que le deja ver las entrañas al descubierto. Y esas
entrañas están vacías. Está enseñando el corazón. Pero
sabemos, por muy someras nociones de botánica, que
su verdadero corazón no es ése; que la savia circula
entre la albura del leño y la corteza. ¡Pero cómo me

impresiona esa ancha herida con sus redondeados rebordes! El aire entra por ella y orea el interior del roble, donde, si sobreviene una tormenta, puede refugiarse un peregrino, y donde podría albergarse un anacoreta o un Diógenes de la selva. Pero la savia corre entre la corteza y el leño y da jugo de vida a las hojas que verdecen al sol. Verdecen hasta que, amarillas y ahornagadas, se arremolinan en el suelo, y podridas, al pie del viejo héroe del bosque, entre los fuertes brazos de su raigambre, van a formar el mantillo de abono que alimentará a las nuevas hojas de la venidera primavera. ¡Y si vieras qué brazos los de su raigambre que hunde sus miles de dedos bajo tierra! Unos brazos que agarran a la tierra como sus ramas altas agarran al cielo.

Cuando pase el otoño, el viejo roble quedará desnudó y callado, creerás tú. Pero no, porque le tiene abrazado una hiedra también heroica. Entre los más someros tocones de la raigambre y en el tronco del roble se destacan las robustas —o robizas— venas de la hiedra, y ésta trepa por el viejo árbol y le reviste con sus hojas de verdor brillante y perenne. Y cuando las hojas del roble se rindan a tierra, le susurrará cantos de invierno el vendaval entre las hojas de la hiedra. Y aun muerto el roble verdecerá al sol, y acaso algún enjambre de abejas ponga su colmena en la ancha herida de su seno.

No sé por qué, mi querido Felipe, pero es el caso que este viejo roble empieza a reconciliarme con la humanidad. Además, ¿por qué no he de decírtelo?, ¡hace tanto tiempo que no he oído una tontería! Y así, a la larga, no se puede vivir. Me temo que voy a sucumbir.

III

10 de septiembre.

¿No te lo decía, Felipe? He sucumbido. Me he hecho socio del Casino, aunque todavía más para ver que para oír. En cuanto han llegado las primeras lluvias.

Con mal tiempo, ni la costa ni el monte ofrecen re-
cursos, y en cuanto al hotel, ¿qué iba a hacer en él?
¿Pasarme el día leyendo o mejor releyendo? No puede
ser. Así es que he acabado por ir al Casino.

Paso un rato por la sala de lectura, donde me en-
trego más que a leer periódicos a observar a los que
los leen. Porque los periódicos tengo que dejarlos en
seguida. Son más estúpidos que los hombres que los
escriben. Hay algunos de éstos que tienen cierto talento para decir tonterías, ¿pero para escribirlas?, para
escribirlas... ¡ninguno! Y en cuanto a los lectores, hay
que ver qué cara de caricatura ponen cuando se ríen
de las caricaturas.

Me voy luego del salón en que todos estos hombres
se reúnen; pero huyo de las tertulias o peñas que forman. Las astillas de conversaciones que me llegan me
hieren en lo más vivo de la herida que traje al venir
a retirarme, como a estación de cura, a este rincón
costero y montañés. No, no puedo tolerar la tontería
humana. Y me dedico, con la mayor discreción posible,
a hacer el oficio de mirón pasajero de las partidas de
tresillo, de tute o de mus. Al fin, estas gentes han
hallado un modo de sociedad casi sin palabra. Y me
acuerdo de aquella soberana tontería del seudopesi-
mista Schopenhauer cuando decía que los tontos, no
teniendo ideas que cambiar, inventaron unos carton-
citos pintados para cambiarlos entre sí, y que son los
naipes. Pues si los tontos inventaron los naipes, no son
tan tontos, ya que Schopenhauer ni aun eso inventó,
sino un sistema de baraja mental que se llama pesi-
mismo y en que lo pésimo es el dolor, como si no hubiera el aburrimiento, el tedio, que es lo que matan
los jugadores de naipes.

IV

14 de septiembre.

Empiezo a conocer a los socios del Casino, a mis
consocios —pues me he hecho hacer socio, aunque
transeúnte—, claro es que de vista. Y me entretengo

en irme figurando lo que estarán pensando, naturalmente que mientras que se callan, porque en cuanto
dicen algo ya no me es posible figurarme lo que puedan
pensar. Así es que en mi oficio de mirón prefiero
mirar las partidas de tresillo a mirar las de mus, pues
en éstas hablan demasiado. Todo es barullo de *¡en-
vido!*, *¡quiero!*, *¡cinco más!*, *¡diez más!*, *¡órdago!*, me
entretiene un rato, pero luego me cansa. El *¡órdago!*,
que parece es palabra vascuence, que quiere decir:
¡ahí está!, me divierte bastante, sobre todo cuando se
lo lanza el uno al otro en ademán de gallito de pelea.

Me atraen más las partidas de ajedrez, pues ya
sabes que en mis mocedades di en ese vicio solitario
de dos en compañía. Si es que eso es compañía. Pero
aquí, en este Casino, no todas las partidas de ajedrez
son silenciosas, ni de soledad de dos en compañía,
sino que suele formarse un grupo con los mirones, y
éstos discuten las jugadas con los jugadores, y hasta
meten mano en el tablero. Hay, sobre todo, una partida entre un ingeniero de montes y un magistrado jubilado, que es de lo más pintoresco que cabe. Ayer, el
magistrado, que debe de padecer de la vejiga, estaba
inquieto y desasosegado, y como le dijeran que se
fuese al urinario manifestó que no se iba solo, sino
con el ingeniero, por temor de que entretanto éste no
le cambiase la posición de las piezas; así es que se fueron los dos, el magistrado a evacuar aguas menores y
el ingeniero a escoltarle, y entretanto los mirones alte-
raron toda la composición del juego.

Pero hay un pobre señor, que es hasta ahora el que
más me ha interesado. Le llaman —muy pocas veces,
pues apenas hay quien le dirija la palabra, como él
no se la dirige a nadie—, le llaman o se llama Don
Sandalio, y su oficio parece ser el de jugador de ajedrez. No he podido columbrar nada de su vida, ni en
rigor me importa gran cosa. Prefiero imaginármela.
No viene al Casino más que a jugar al ajedrez, y lo
juega, sin pronunciar apenas palabra, con una avidez
de enfermo. Fuera del ajedrez parece no haber mundo para él. Los demás socios le respetan, o acaso le
ignoran, si bien, según he creído notar, con un cierto
dejo de lástima. Acaso se le tiene por un maniático.

Pero siempre encuentra, tal vez por compasión, quien le haga la partida.

Lo que no tiene es mirones. Comprenden que la mironería le molesta, y le respetan. Yo mismo no me he atrevido a acercarme a su mesilla, y eso que el hombre me interesa. ¡Le veo tan aislado en medio de los demás, tan metido en sí mismo! O mejor en su juego, que parece ser para él como una función sagrada, una especie de acto religioso. "Y cuando no juega, ¿qué hace?", me he preguntado. ¿Cuál es la profesión con que se gana la vida?, ¿tiene familia?, ¿quiere a alguien?, ¿guarda dolores y desengaños?, ¿lleva alguna tragedia en el alma?

Al salir del Casino le he seguido cuando iba hacia su casa, a observar si al cruzar el patio, como ajedrezado, de la Plaza Mayor, daba algún paso en salto de caballo. Pero luego, avergonzado, he cortado mi persecución.

V

17 de septiembre.

He querido sacudirme del atractivo del Casino, pero es imposible; la imagen de Don Sandalio me seguía a todas partes. Ese hombre me atrae como el que más de los árboles del bosque; es otro árbol más, un árbol humano, silencioso, vegetativo. Porque juega al ajedrez como los árboles dan hoja.

Llevo dos días sin ir al Casino, haciéndome un esfuerzo para no entrar en él, llegando hasta su puerta para huir en seguida de ella.

Ayer fuí por el monte; pero al acercarme a la carretera, por donde van los hombres, a ese camino calzado que hicieron hacer por mano de siervos, de obreros alquilados —los caminos del monte los han hecho hombres libres (¿libres?), con los pies—, tuve que volver a internarme en el bosque, me echaron a él todos esos anuncios con que han estropeado el verdor de la naturaleza. ¡Hasta a los árboles de los bordes de la carretera los han convertido en anunciadores! Me

figuro que los pájaros han de huir de esos árboles
anunciantes más aún que de los espantapájaros que los
labradores ponen en medio de los sembrados. Por lo
visto, no hay como vestir a unos palitroques con an-
drajos humanos para que huyan del campo las gracio-
sas criaturas que cosechan donde no sembraron, las
libres avecillas a las que mantiene nuestro Padre y
suyo.

Me interné por el monte y llegué a las ruinas de
un viejo caserío. No quedaban más que algunos muros
revestidos, como mi viejo roble, por la hiedra. En la
parte interior de uno de esos muros medio derruídos,
en la parte que formó antaño el interior de la casa,
quedaba el resto del que fué hogar, de la chimenea
familiar, y en ésta la huella del fuego de leña que
allí ardió, el hollín que aún queda. Hollín sobre que
brillaba el verdor de las hojas de la hiedra. Sobre
la hiedra revoloteaban unos pajarillos. Acaso en ella,
junto al cadáver de lo que fué hogar, han puesto su
nido.

Y no sé por qué me acordaba de Don Sandalio,
este producto tan urbano, tan casinero. Y pensaba que
por mucho que quiera huir de los hombres, de sus
tonterías, de su estúpida civilización, sigo siendo hombre, mucho más hombre de lo que me figuro, y que
no puedo vivir lejos de ellos. ¡Si es su misma necedad lo que me atrae! ¡Si la necesito para irritarme
por dentro de mí!

Está visto que necesito a Don Sandalio, que sin Don
Sandalio no puedo ya vivir.

VI

20 de septiembre.

¡Por fin, ayer! No pude más. Llegó Don Sandalio
al Casino, a su hora de siempre, cronométricamente,
muy temprano, tomó su café de prisa y corriendo, se
sentó a su mesita de ajedrez, requirió las piezas, las
colocó en orden de batalla y se quedó esperando al
compañero. El cual no llegaba. Y Don Sandalio con

cara de cierta angustia y mirando al vacío. Me daba
pena. Tanta pena me daba, que no pude contenerme,
y me acerqué a él:

—Por lo visto, su compañero no viene hoy —le dije.

—Así parece —me contestó.

—Pues si a usted le place, y hasta que él llegue,
puedo yo hacerle la partida. No soy un gran jugador,
pero lo he visto jugar y creo que no se aburrirá usted
con mi juego...

—Gracias —agregó.

Creí que iba a rechazarme, en espera de su acos-
tumbrado compañero, pero no lo hizo. Aceptó mi oferta
y ni me preguntó, por supuesto, quién era yo. Era
como si yo no existiese en realidad, y como persona
distinta de él, para él mismo. Pero él sí que existía
para mí... Digo, me lo figuro. Apenas si se dignó mi-
rarme; miraba al tablero. Para Don Sandalio, los peo-
nes, alfiles, caballos, torres, reinas y reyes del ajedrez
tienen más alma que las personas que los manejan.
Y acaso tenga razón.

Juega bastante bien, con seguridad, sin demasiada
lentitud, sin discutir ni volver las jugadas, no se le
oye más que: "¡jaque!" Juega, te escribí el otro día,
como quien cumple un servicio religioso. Pero no,
mejor, como quien crea silenciosa música religiosa.
Su juego es musical. Coje las piezas como si tañera
en un arpa. Y hasta se me antoja oírle a su caballo, no
relinchar —¡esto nunca!—, sino respirar musicalmen-
te, cuando va a dar un jaque. Es como un caballo con
alas. Un Pegaso. O mejor un Clavileño; de madera,
como éste. ¡Y cómo se posa en la tabla! No salta;
vuela. ¿Y cuando tañe a la reina? ¡Pura música!

Me ganó, y no porque juegue mejor que yo, sino
porque no hacía más que jugar mientras que yo me
distraía en observarle. No sé por qué se me figura
que no debe de ser hombre muy inteligente, pero que
pone toda su inteligencia, mejor, toda su alma, en el
juego.

Cuando di por terminado éste —pues él no se cansa
de jugar— después de unas cuantas partidas, le dije:

—¿Qué es lo que le habrá pasado a su compañero?

—No lo sé —me contestó.

Ni parecía importarle saberlo.

Salí del Casino a dar una vuelta hacia la playa, pero me quedé esperando a ver si Don Sandalio también salía. "¿Paseará este hombre?", me pregunté. Al poco salió mi hombre, e iba como abstraído. No cabría decir adónde miraba. Le seguí hasta que, doblando una calleja, se metió en una casa. Seguramente la suya. Yo seguí hacia la playa, pero no ya tan solo como otras veces; Don Sandalio iba conmigo, mi Don Sandalio. Pero antes de llegar a la playa torcí hacia el monte y me fuí a ver a mi viejo roble, el roble heroico, el de la abierta herida de las entrañas, el revestido de hiedra. Claro es que no establecí relación alguna entre él y Don Sandalio, y ni siquiera entre mi roble y mi jugador de ajedrez. Pero éste es ya parte de mi vida. También yo, como Robinsón, he encontrado la huella de un pie desnudo de alma de hombre, en la arena de la playa de mi soledad; mas no he quedado fulminado ni aterrado, sino que esa huella me atrae. ¿Será huella de tontería humana? ¿Lo será de tragedia? ¿Y no es acaso la tontería la más grande de las tragedias del hombre?

VII

25 de septiembre.

Sigo preocupado, mi querido Felipe, con la tragedia de la tontería o más bien de la simplicidad. Hace pocos días oí, sin quererlo, en el hotel, una conversación que ésta sí que me dejó como fulminado. Hablaban de una señora que estaba a punto de morir, y el cura que la asistía le dijo: "Bueno, cuando llegue al cielo no deje de decir a mi madre, en cuanto la vea, que aquí estamos viviendo cristianamente para poder ir a hacerla compañía." Y esto parece que lo dijo el cura, que es piadosísimo, muy en serio. Y como no puedo por menos que creer que el cura que así decía creía en ello, me di a pensar en la tragedia de la simplicidad, o mejor en la felicidad de la simplicidad.

Porque hay felicidades trágicas. Y di luego en pensar
si acaso mi Don Sandalio no es un hombre feliz.

Volviendo al cual, a Don Sandalio, tengo que decirte que sigo haciéndole la partida. Su compañero
anterior parece que se marchó de esta villa, lo cual
he sabido no precisamente por Don Sandalio mismo,
que ni habla de él ni de ningún otro prójimo, ni creo
que se haya preocupado de saber si se fué o no ni
quién era. Lo mismo que no se preocupa de averiguar
quién soy yo, y no será poco que sepa mi nombre.

Como yo soy nuevo en la partida, se nos han acerca-
do algunos mirones, atraídos por la curiosidad de ver
cómo juego yo, y acaso porque me creen otro nuevo
Don Sandalio, a quien hay que clasificar y acaso de-
finir. Y yo me dejo hacer. Pero pronto se han podido
dar cuenta de que a mí me molestan los mirones no
menos que a Don Sandalio, si es que no más.

Anteayer fueron dos los mirones. ¡Y qué mirones!
Porque no se limitaron a mirar o a comentar de palabra las jugadas, sino que se pusieron a hablar de
política, de modo que no pude contenerme, y les dije:
"Pero ¿se callarán ustedes?" Y se marcharon. ¡Qué
mirada me dirigió Don Sandalio!, ¡qué mirada de pro-
fundo agradecimiento! Llegué a creer que a mi hombre
le duele la tontería tanto como a mí.

Acabamos las partidas y me fuí a la costa, a ver
morir las olas en la arena de la playa, sin intentar
seguir a Don Sandalio, que se fué, sin duda, a su casa.
Pero me quedé pensando si mi jugador de ajedrez
creerá que, terminada esta vida, se irá al cielo, a seguir allí jugando, por toda una eternidad, con hombres o con ángeles.

VIII

30 de septiembre.

Le observo a Don Sandalio alguna preocupación.
Debe de ser por su salud, pues se le nota que respira
con dificultad. A las veces se ve que ahoga una queja.
Pero ¿quién se atreve a decirle nada? Hasta que le
dió una especie de vahído.

—Si usted quiere, lo dejaremos... —le dije.

—No, no —me respondió—; por mí, no.

"¡Jugador heroico!", pensé. Pero poco después agregué:

—¿Por qué no se queda usted unos días en casa?

—¿En casa? —me dijo—, ¡sería peor!

Y creo, en efecto, que le sería peor quedarse en casa. ¿En casa? ¿Y qué es su casa? ¿Qué hay en ella? ¿Quién vive en ella?

Abrevié las partidas, pretextando cualquier cosa, y le dejé con un: "¡Que usted se alivie, Don Sandalio!" "¡Gracias!", me contestó. Y no añadió mi nombre porque de seguro no lo sabe.

Este mi Don Sandalio, no el que juega al ajedrez en el Casino, sino el otro, el que él me ha metido en el hondón del alma, el mío, me sigue ya a todas partes; sueño con él, casi sufro con él.

IX

8 de octubre.

Desde el día en que Don Sandalio se retiró del Casino algo indispuesto, no ha vuelto por él. Y esto es una cosa tan extraordinaria, que me ha desasosegado. A los tres días de faltar mi hombre me sorprendí, uno, con el deseo de colocar las piezas en el tablero y quedarme esperándole. O acaso a otro... Y luego me di casi a temblar pensando si en fuerza de pensar en mi Don Sandalio no me había éste sustituído y padecía yo de una doble personalidad. Y la verdad, ¡basta con una!

Hasta que anteayer, en el Casino, uno de los socios, al verme tan solitario y, según él debió de figurarse, aburrido, se me acercó a decirme:

—Ya sabrá usted lo de Don Sandalio...

—¿Yo?, no; ¿qué es ello?

—Pues... que se le ha muerto el hijo.

—¡Ah!, ¿pero tenía un hijo?

—Sí, ¿no lo sabe usted? El de aquella historia...

¿Qué pasó por mí? No lo sé, pero al oír esto me fuí, dejándole con la palabra cortada, y sin importarme lo que por ello juzgase de mí. No, no quería que me colocase la historia del hijo de Don Sandalio. ¿Para qué? Tengo que mantener puro, incontaminado, a mi Don Sandalio, al mío, y hasta me le ha estropeado esto de que ahora le salga un hijo que me impide, con su muerte, jugar al ajedrez unos días. No, no, no quiero saber historias. ¿Historias? Cuando las necesite, me las inventaré.

Ya sabes tú, Felipe, que para mí no hay más historias que las novelas. Y en cuanto a la novela de Don Sandalio, mi jugador de ajedrez, no necesito de socios del Casino que vengan a hacérmela.

Salí del Casino echando de menos a mi hombre, y me fuí al monte, a ver a mi roble. El sol daba en la ancha abertura de sus vacías entrañas. Sus hojas, que casi se le iban ya desprendiendo, se quedaban un rato, al caer, entre las hojas de la hiedra.

X

10 de octubre.

Ha vuelto Don Sandalio, ha vuelto al Casino, ha vuelto al ajedrez. Y ha vuelto el mismo, el mío, el que yo conocía, y como si no le hubiese pasado nada.

—¡He sentido mucho su desgracia, Don Sandalio! —le he dicho, mintiéndole.

—¡Gracias, muchas gracias! —me ha respondido.

Y se ha puesto a jugar. Y como si no hubiese pasado nada en su casa, en su otra vida. Pero ¿tiene otra?

He dado en pensar que, en rigor, ni él existe para mí ni yo para él. Y, sin embargo...

Al acabar las partidas me he ido a la playa, pero preocupado con una idea que te ha de parecer, de seguro, pues te conozco, absurda, y es la de qué seré, cómo seré yo para Don Sandalio. ¿Qué pensará de mí? ¿Cómo seré yo para él? ¿Quién seré yo para él?

XI

12 de octubre.

Hoy no sé, querido Felipe, qué demonio tonto me ha tentado, que se me ha ocurrido proponerle a Don Sandalio la solución de un problema de ajedrez.

—¿Problemas? —me ha dicho—. No me interesan los problemas. Basta con los que el juego mismo nos ofrece sin ir más a buscarlos.

Es la vez que le he oído más palabras seguidas a mi Don Sandalio, pero ¡qué palabras! Ninguno de los mirones del Casino las habría comprendido como yo. A pesar de lo cual, me he ido luego a la playa a buscar los problemas que se me antoja que me proponen las olas de la mar.

XII

14 de octubre.

Soy incorregible, Felipe, soy incorregible, pues como si no fuese bastante la lección que anteayer me dió Don Sandalio, hoy he pretendido colocarle una disertación sobre el alfil, pieza que manejo mal.

Le he dicho que el alfil, palabra que parece quiere decir elefante, le llaman los franceses *fou*, esto es: loco, y los ingleses *bishop*, o sea: obispo, y que a mí me resulta una especie de obispo loco, con algo elefantino, que siempre va de soslayo, jamás de frente, y de blanco en blanco o de negro en negro y sin cambiar de color del piso en que le ponen y sea cual fuere su color propio. ¡Y qué cosas le he dicho del alfil blanco en piso blanco, del blanco en piso negro, del negro en piso blanco y del negro en piso negro! ¡Las virutas que he hecho con esto! Y él, Don Sandalio, me miraba asustado, como se miraría a un obispo loco, y hasta creí que estaba a punto de huir, como de un elefante. Esto lo dije en un intermedio, mientras cambiábamos las piezas, pues turnamos entre blancas y

negras, teniendo siempre la salida aquéllas. La mirada
de Don Sandalio era tal, que me desconcertó.

Cuando he salido del Casino iba pensando si la mirada de Don Sandalio tendría razón, si no es que me
he vuelto loco, y hasta me parecía si, en mi terror de
tropezar con la tontería humana, en mi terror de encontrarme con la huella del pie desnudo del alma de
un prójimo, no iba caminando de soslayo, como un
alfil. ¿Sobre piso blanco, o negro?

Te digo, Felipe, que este Don Sandalio me vuelve
loco.

XIII

23 de octubre.

No te he escrito, mi querido Felipe, en estos ocho
días, porque he estado enfermo, aunque acaso más de
aprensión que de enfermedad. Y además, ¡me entre-
tenía tanto la cama, se me pegaban tan amorosamente
las sábanas! Por la ventana de mi alcoba veo, desde
la cama misma, la montaña próxima, en la que hay
una pequeña cascada. Tengo sobre la mesilla de noche
unos prismáticos, y me paso largos ratos contemplando con ellos la cascada. ¡Y qué cambios de luz los de
la montaña!

He hecho llamar al médico más reputado de la villa,
el doctor Casanueva, el cual ha venido dispuesto, ante
todo, a combatir la idea que yo tuviese de mi propia
dolencia. Y sólo ha conseguido preocuparme más. Se
empeña en que yo voy desafiando las enfermedades, y
todo porque suelo ir con frecuencia al monte. Ha empezado por recomendarme que no fume, y cuando le
he dicho que no fumo nunca, no sabía ya qué decir.
No ha tenido la resolución de aquel otro galeno que,
en caso análogo, le dijo al enfermo: "¡Pues entonces,
fume usted!" Y acaso tuvo éste razón, pues lo capital
es cambiar de régimen.

Casi todos estos días he guardado cama, y no, en rigor, porque ello me hiciera falta, sino porque así rumiaba mejor mi relativa soledad. En realidad, he pa-

sado lo más del tiempo de esos ocho días traspuesto
y en un estado entre la vela y el sueño, sin saber si
soñaba la montaña que tenía enfrente o si veía delante
de mí a Don Sandalio ausente.

Porque ya te puedes figurar que Don Sandalio, que
mi Don Sandalio, ha sido mi principal ensueño de
enfermedad. Me ilusionaba pensar que en estos días
se haya definido más, que acaso haya cambiado, que
cuando le vuelva a ver en el Casino y volvamos a jugar
nuestras partidas le encuentre otro.

Y entretanto, ¿pensará él en mí?, ¿me echará de
menos en el Casino?, ¿habrá encontrado en éste a
algún otro consocio —¡consocio!— que le haga la partida?, ¿habrá preguntado por mí?, ¿existo yo para él?

Hasta he tenido una pesadilla, y es que me he figu-
rado a Don Sandalio como un terrible caballo negro
—¡caballo de ajedrez, por supuesto!— que se me venía encima a comerme, y yo era un pobre alfil blanco, un pobre obispo loco y elefantino que estaba de-
fendiendo al rey blanco para que no le dieran mate.
Al despertarme de esta pesadilla, cuando iba rayando
el alba, sentí una gran opresión en el pecho, y me
puse a hacer largas y profundas inspiraciones y es-
piraciones, así como gimnásticas, para ver de entonar
este corazón que el doctor Casanueva cree que está
algo averiado. Y luego me he puesto a contemplar,
con mis prismáticos, cómo los rayos del sol naciente
daban en el agua de la cascada de la montaña frontera.

XIV

25 de octubre.

No más que pocas líneas en esta postal. He ido a
la playa, que estaba sola. Más sola aún por la presencia de una sola joven que se paseaba al borde de
las olas. Le mojaban los pies. La he estado observando
sin ser visto de ella. Ha sacado una carta, la ha leído,
ha bajado sus brazos teniendo con las dos manos la
carta; los ha vuelto a alzar y ha vuelto a leerla; luego

la ha roto en cachitos menudos, doblándola y volviéndo-
la a doblar para ello; después ha ido lanzando uno a
uno, cachito a cachito, al aire, que los llevaba —¿ma-
riposas del olvido?— a la rompiente. Hecho esto, ha
sacado el pañuelo, se ha puesto a sollozar, y se ha
enjugado los ojos. El aire de la mar ha acabado de
enjugárselos. Y nada más.

XV

26 de octubre.

Lo que hoy tengo que contar, mi querido Felipe,
es algo inaudito, algo tan sorprendente, que jamás se
le podría haber ocurrido al más ocurrente novelista.
Lo que te probará cuánta razón tenía aquel nuestro
amigo a quien llamábamos Pepe *el Gallego*, que cuando estaba traduciendo cierto libro de sociología, nos
dijo: "No puedo resistir estos libros sociológicos de
ahora; estoy traduciendo uno sobre el matrimonio pri-
mitivo, y todo se le vuelve al autor que si los algon-
quinos se casan de tal manera, los chipenais de tal
otra, los cafres de este modo, y así lo demás... Antes llenaban los libros de palabras, ahora los llenan
de esto que llaman hechos o documentos; lo que no
veo por ninguna parte son ideas... Yo, por mi parte,
si se me ocurriera inventar una teoría sociológica, la
apoyaría en hechos de mi invención, seguro como estoy de que todo lo que un hombre puede inventar ha
sucedido, sucede o sucederá alguna vez." ¡Qué razón
tenía nuestro buen Pepe!

Pero vamos al hecho, o, si quieres, al suceso.

Apenas me sentí algo más fuerte y me sacudí del
abrigo de la cama, me fuí, ¡claro es!, al Casino. Me
llevaba, sobre todo, como puedes bien figurarte, el encontrarme con mi Don Sandalio y el reanudar nuestras
partidas. Llegué allá, y mi hombre no estaba allí. Y eso
que era ya su hora. No quise preguntar por él.

Al poco rato no pude resistir, requerí un tablero de
ajedrez, saqué un periódico en que venía un problema,
y me puse a ver si lo resolvía. Y en esto llegó uno de

aquellos mirones y me preguntó si quería echar una
partida con él. Tentado estuve un momento de rehusár-
selo, pues me parecía algo así como una traición a mi
Don Sandalio, pero al fin acepté.

Este consocio, antes mirón y ahora compañero de
juego, resultó ser uno de esos jugadores que no saben
estarse callados. No hacía sino anunciar las jugadas,
comentarlas, repetir estribillos, y, cuando no, tararear
alguna cancioncilla. Era algo insoportable. ¡Qué dife-
rencia con las partidas graves, recojidas y silenciosas
de Don Sandalio!

* * *

*(Al llegar acá se me ocurre pensar que si el autor
de estas cartas las tuviera que escribir ahora, en 1930,
compararía las partidas con Don Sandalio al cine puro,
gráfico, representativo, y las partidas con el nuevo jugador, al cine sonoro. Y así resultarían partidas sono-
ras o zumbadas.)*

* * *

Yo estaba como sobre ascuas y sin atreverme a
mandarle que se callase. Y no sé si lo comprendió,
pero el caso es que después de dos partidas me dijo
que tenía que irse. Mas antes de partir me espetó esto:

—Ya sabrá usted, por supuesto, lo de Don Sandalio...

—No; ¿qué?

—Pues que le han metido ya en la cárcel.

—¡En la cárcel! —exclamé como fulminado.

—Pues claro, ¡en la cárcel! Ya comprenderá usted...
—comenzó.

Y yo atajándole:

—¡No, no comprendo nada!

Me levanté, y casi sin despedirme de él me salí del
Casino.

"¡En la cárcel —me iba diciendo—, en la cárcel!
¿Por qué?" Y, en último caso, ¿qué me importa? Lo
mismo que no quise saber lo de su hijo, cuando se le
murió éste, no quiero saber por qué le han metido en

la cárcel. Nada me importa de ello. Y acaso a él no
le importe mucho más si es como yo me le figuro,
como yo me le tengo hecho, acá para mí. Mas, a pesar
de todo, este suceso imprevisto cambiaba totalmente
el giro de mi vida íntima. ¿Con quién, en adelante,
voy a echar mi partida de ajedrez, huyendo de la incurable tontería de los hombres?

A ratos pienso averiguar si es que está o no inco-
municado, y si no lo está y si se me permite comuni-
carme con él, ir a la cárcel y pedir permiso para hacerle a diario la partida, claro que sin inquirir por
qué le han metido allí ni hablar de ello. Aunque, ¿sé
yo acaso si no echa a diario su partida con alguno de
los carceleros?

Como puedes figurarte, todo esto ha trastornado todos los planes de mi soledad.

XVI

28 de octubre.

Huyendo del Casino, huyendo de la villa, huyendo
de la sociedad humana que inventa cárceles, me he
ido por el monte, lo más lejos posible de la carretera.
Y lejos de la carretera, porque esos pobres árboles
anunciadores me parecen también presos, u hospicia-
nos, que es casi igual, y todas esas vallas en que se
anuncian toda clase de productos, —algunos de ma-
quinaria agrícola; otros, los más, de licores o de neu-
máticos para automóviles de los que van huyendo de
todas partes—, todo ello me recuerda a la sociedad
humana, que no puede vivir sin bretes, esposas, grillos,
cadenas, rejas y calabozos. Y observo de paso que a
algunos de esos instrumentos de tortura se les llama
esposas y grillos. ¡Pobres grillos!, ¡pobres esposas!

He ido por el monte, saliéndome de los senderos
trillados por pies de hombres, evitando, en lo posible,
las huellas de éstos, pisando sobre hojas secas —empiezan ya a caer— y me he ido hasta las ruinas de
aquel viejo caserío de que ya te dije, al resto de cuya
chimenea de hogar enhollinada abriga hoy el follaje

de la hiedra en que anidan los pájaros del campo.
¡Quién sabe si cuando el caserío estuvo vivo, cuando
en él chisporroteaba la leña del hogar y en éste her-
vía el puchero de la familia, no había allí cerca alguna
jaula en que de tiempo en tiempo cantaba un jilguero
prisionero!

Me he sentado allí, en las ruinas del caserío, sobre
una piedra sillar, y me he puesto a pensar si Don
Sandalio ha tenido hogar, si era hogar la casa en que
vivía con el hijo que se le murió, qué sé yo si con
alguno más, acaso con mujer. ¿La tenía? ¿Es viudo?
¿Es casado? Pero después de todo, ¿a mí qué me importa?, ¿a qué proponerme estos enigmas que no son
más que problemas de ajedrez y de los que no me
ofrece el juego de mi vida?

¡Ah, que no me los ofrece...! Tú sabes, mi Felipe,
que yo sí que no tengo, hace ya años, hogar; que mi
hogar se deshizo, y que hasta el hollín de su chimenea
se ha desvanecido en el aire, tú sabes que a esa pér-
dida de mi hogar se debe la agrura con que me hiere
la tontería humana. Un solitario fué Robinsón Crusoe,
un solitario fué Gustavo Flaubert, que no podía tolerar la tontería humana, un solitario me parece Don
Sandalio, y un solitario soy yo. Y todo solitario, Felipe, mi Felipe, es un preso, es un encarcelado, aunque
ande libre.

¿Qué hará Don Sandalio, más solitario aún, en la
celda de su prisión? ¿Se habrá resignado ya y habrá
pedido un tablero de ajedrez y un librito de problemas para ponerse a resolverlos? ¿O se habrá puesto
a inventar problemas? De lo que apenas me cabe duda,
o yo me equivoco mucho respecto a su carácter —y no
cabe que me equivoque en mi Don Sandalio—, es de
que no se le da un bledo del problema o de los problemas que le plantee el juez con sus indagatorias.

Y ¿qué haré yo mientras Don Sandalio siga en la
cárcel de esta villa, a la que vine a refugiarme de la
incurable persecución de mi antropofobia? ¿Qué haré
yo en este rincón de costa y de montaña si me qui-
tan a mi Don Sandalio, que era lo que me ataba a
esa humanidad que tanto me atrae a la vez que tanto
me repele? Y si Don Sandalio sale de la cárcel y vuelve

al Casino y en el Casino al ajedrez —¿qué va a hacer si no?—, ¿cómo voy a jugar con él, ni cómo voy siquiera a poder mirarle a la cara sabiendo que ha estado encarcelado y sin saber por qué? No, no; a Don Sandalio, a mi Don Sandalio, le han matado con eso de haberle encarcelado. Presiento que ya no va a salir de la cárcel. ¿Va a salir de ella para ser el resto de su vida un problema?, ¿un problema suelto? ¡Imposible!

No sabes, Felipe, en qué estado de ánimo dejé las ruinas del viejo caserío. Iba pensando que acaso me convendría hacer construir en ellas una celda de prisión, una especie de calabozo, y encerrarme allí. O ¿no será mejor que me lleven, como a Don Quijote, en una jaula de madera, en un carro de bueyes, viendo al pasar el campo abierto en que se mueven los hombres cuerdos que se creen libres? O los hombres libres que se creen cuerdos, y es lo mismo en el fondo. ¡Don Quijote! ¡Otro solitario como Robinsón y como Bouvard y como Pécuchet, otro solitario, a quien un grave eclesiástico, henchido de toda la tontería de los hombres cuerdos, le llamó Don Tonto, le diputó mentecato y le echó en cara sandeces y vaciedades!

Y respecto a Don Quijote, he de decirte, para terminar de una vez este desahogo de cartas, que yo me figuro que no se murió tan a seguido de retirarse a su hogar después de vencido en Barcelona por Sansón Carrasco, sino que vivió algún tiempo para purgar su generosa, su santa locura, con el tropel de gentes que iban a buscarle en demanda de su ayuda para que les acorriese en sus cuitas y les enderezase sus tuertos, y cuando se les negaba se ponían a increparle y a acusarle de farsante o de traidor. Y al salir de su casa, se decían: "¡Se ha rajado!" Y otro tormento aún mayor que se le cayó encima debió de ser la nube de reporteros que iban a someterle a interrogatorios o, como han dado en decir ahora, encuestas. Y hasta me figuro que alguien le fué con esta pregunta: "¿A qué se debe, caballero, su celebridad?"

Y basta, basta, basta. ¡Es insondable la tontería humana!

XVII

30 de octubre.

Los sucesos imprevistos y maravillosos vienen, como las desgracias, a ventregadas, según dice la gente de los campos. ¿A que no te figuras lo último que me ha ocurrido? Pues que el juez me ha llamado a declarar. "A declarar... ¿qué?", te preguntarás. Y es lo mismo que yo me pregunto: "A declarar... ¿qué?"

Me llamó, me hizo jurar o prometer por mi honor que diría la verdad en lo que supiere y fuere preguntado, y a seguida me preguntó si conocía y desde cuándo le conocía a Don Sandalio Cuadrado y Redondo. Le expliqué cuál era mi conocimiento con él, que yo no conocía más que al ajedrecista, que no tenía la menor noticia de su vida. A pesar de lo cual, el juez se empeñó en sonsacarme lo insonsacable y me preguntó si le había oído alguna vez algo referente a sus relaciones con su yerno. Tuve que contestarle que ignoraba que Don Sandalio tuviese o hubiese tenido una hija casada, así como ignoraba hasta aquel momento que se apellidase, de una manera contradictoria, Cuadrado y Redondo.

—Pues él, Don Sandalio, según su yerno, que es quien ha indicado que se llame a usted a declarar, hablaba alguna vez en su casa, de usted —me ha dicho el juez.

—¿De mí? —le he contestado todo sorprendido y casi fulminado—. ¡Pero si me parece que ni sabe cómo me llamo!, ¡si apenas existo yo para él!

—Se equivoca usted, señor mío; según su yerno...

—Pues le aseguro, señor juez —le he dicho—, que no sé de Don Sandalio nada más que lo que le he dicho, y que no quiero saber más.

El juez parece que se ha convencido de mi veracidad y me ha dejado ir sin más *enquisa.*

Y aquí me tienes todo confuso por lo que se está haciendo mi Don Sandalio. ¿Volveré al Casino? ¿Vol-

veré a que me hieran astillas de las conversaciones que
sostienen aquellos socios que tan fielmente me repre-
sentan a la humanidad media, al término medio de la
humanidad? Te digo, Felipe, que no sé qué hacer.

XVIII

4 de noviembre.

¡Y ahora llega, Felipe, lo más extraordinario, lo más
fulminante! Y es que Don Sandalio se ha muerto en
la cárcel. Ni sé bien cómo lo he sabido. Lo he oído
acaso en el Casino, donde comentaban esa muerte. Y yo,
huyendo de los comentarios, he huído del Casino, yén-
dome al monte. Iba como sonámbulo; no sabía lo que
me pasaba. Y he llegado al roble, a mi viejo roble,
y como empezaba a lloviznar me he refugiado en sus
abiertas entrañas. Me he metido allí, acurrucado, como
estaría Diógenes en su tonel, en la ancha herida, y
me he puesto a... soñar mientras el viento arremoli-
naba las hojas secas a mis pies y a los del roble.

¿Qué me ha ocurrido allí? ¿Por qué de pronto me
ha invadido una negra congoja y me he puesto a llorar, así como lo oyes, Felipe, a llorar la muerte de mi
Don Sandalio? Sentía dentro de mí un vacío inmenso.
Aquel hombre a quien no le interesaban los problemas
forjados sistemáticamente, los problemas que traen los
periódicos en la sección de jeroglíficos, logogrifos, charadas y congéneres, aquel hombre a quien se le había muerto un hijo, que tenía o había tenido una
hija casada y un yerno, aquel hombre a quien le habían metido en la cárcel y en la cárcel se había muerto, aquel hombre se me había muerto a mí. Ya no le
oiría callar mientras jugaba, ya no oiría su silencio.
Silencio realzado por aquella única palabra que pro-
nunciaba, litúrgicamente, alguna vez, y era: "¡jaque!"
Y no pocas veces hasta la callaba, pues si se veía el
jaque, ¿para qué anunciarlo de palabra?

Y aquel hombre hablaba alguna vez de mí en su
casa, según su yerno. ¡Imposible! El tal yerno tiene
que ser un impostor. ¡Qué iba a hablar de mí si no

me conocía! ¡Si apenas me oyó cuatro palabras! ¡Como
no fuera que me inventó como yo me dedicaba a in-
ventarlo! ¿Haría él conmigo algo de lo que hacía yo
con él?

El yerno es, de seguro, el que hizo que le metieran
en la cárcel. ¿Pero para qué? No me pregunto "¿por
qué?", sino "¿para qué?" Porque en esto de la cárcel
lo que importa no es la causa, sino la finalidad. ¿Y para
qué hizo que el juez me llamase a declarar a mí?, ¿a
mí?, ¿como testigo de descargo acaso? ¿Pero descargo de qué? ¿De qué se le acusaba a Don Sandalio?
¿Es posible que Don Sandalio, mi Don Sandalio, hiciese algo merecedor de que se le encarcelase? ¡Un ajedrecista silencioso! El ajedrez tomado así como lo tomaba mi Don Sandalio, con religiosidad, le pone a uno
más allá del bien y del mal.

Pero ahora me acuerdo de aquellas solemnes y par-
cas palabras de Don Sandalio cuando me dijo: "¿Problemas? No me importan los problemas; basta con los
que el juego mismo nos ofrece sin ir más a buscarlos".
¿Le habría llevado a la cárcel alguno de esos problemas que nos ofrece el juego de la vida? ¿Pero es que
mi Don Sandalio vivió? Pues que ha muerto, claro
es que vivió. Mas llego a las veces a dudar de que se
haya muerto. Un Don Sandalio así no puede morirse,
no puede hacer tan mala jugada. Hasta eso de hacer
como que se muere en la cárcel me parece un truco.
Ha querido encarcelar a la muerte. ¿Resucitará?

XIX

6 de noviembre.

Me voy convenciendo poco a poco —¿y qué remedio?— de la muerte de Don Sandalio, pero no quiero
volver al Casino, no quiero verme envuelto en aquel
zumbante oleaje de tontería mansa —y la mansa es
la peor—, en aquella tontería societaria humana, ¡figúrate!, la tontería que les hace asociarse a los hombres los unos con los otros. No quiero oírles comen-

tar la muerte misteriosa de Don Sandalio en la cárcel.
¿Aunque para ellos hay misterio? Los más se mueren
sin darse cuenta de ello, y algunos reservan para última hora sus mayores tonterías, que se las transmiten
en forma de consejos testamentarios a sus hijos y herederos. Sus hijos no son más que sus herederos: carecen de vida íntima, carecen de hogar.

Jugadores de tresillo, de tute, de mus, jugadores
también de ajedrez, pero con tarareos y estribillos y sin
religiosidad alguna. No más que mirones aburridos.

¿Quién inventó los casinos? Al fin los cafés públi-
cos, sobre todo cuando no se juega en ellos, cuando
no se oye el traqueteo del dominó sobre todo, cuando
se da libre curso a la charla suelta y pasajera, sin ta-
quígrafos, son más tolerables. Hasta son refrescantes
para el ánimo. La tontería humana se depura y afina
en ellos porque se ríe de sí misma, y la tontería cuando da en reírse de sí deja de ser tal tontería. El chiste, el camelo, la pega, la redimen.

¡Pero esos casinos con su reglamento, en el que
suele haber aquel infamante artículo de "se prohiben
las discusiones de religión y de política" —¿y de qué
van a discutir?—, y con su biblioteca más desmorali-
zadora aún que la llamada sala del crimen! ¡Esa biblioteca, que alguna vez se le enseña al forastero, y
en la que no falta el Diccionario de la Real Academia
Española para resolver las disputas, con apuesta, sobre el valor de una palabra y si está mejor dicha así
o del otro modo...! Mientras que en el café...

Mas no temas, querido Felipe, que me vaya ahora
a refugiar, para consolarme de la muerte de Don Sandalio, en alguno de los cafés de la villa, no. Apenas si
he entrado en alguno de ellos. Una vez, a tomar un
refresco en uno que estaba a aquella hora solitario.
Había grandes espejos, algo opacos, unos frente a otros,
y yo entre ellos me veía varias veces reproducido,
cuanto más lejos más brumoso, perdiéndome en leja-
nías como de triste ensueño. ¡Qué monasterio de solitarios el que formábamos todas las imágenes aquellas,
todas aquellas copias de un original! Empezaba ya a
desasosegarme esto cuando entró otro prójimo en el
local, y al ver cruzar por el vasto campo de aquel en-

sueño todas sus reproducciones, todos sus repetidos, me salí huído.

Y ahora voy a contarte lo que me pasó una vez en un café de Madrid, en el cual estaba yo soñando como de costumbre cuando entraron cuatro chulos que se pusieron a discutir de toros. Y a mí me divertía oírles discutir, no lo que habían visto en la plaza de toros, sino lo que habían leído en las revistas taurinas de los periódicos. En esto entró un sujeto que se puso allí cerca, pidió café, sacó un cuadernillo y empezó a tomar notas en él. No bien le vieron los chulos, parecieron recobrarse, cesaron en su discusión, y uno de ellos, en voz alta y con cierto tono de desafío, empezó a decir: "¿Sabéis lo que os digo? Pues que ese tío que se ha puesto ahí con su cuadernillo y como a tomar la cuenta de la patrona, es uno de esos que vienen por los cafés a oír lo que decimos y a sacarnos luego en los papeles... ¡Que le saque a su abuela!" Y por este tono, y con impertinencias mayores, la emprendieron los cuatro con el pobre hombre —acaso no era más que un revistero de toros—, de tal manera que tuvo que salirse. Y si es que en vez de revistero de toros era uno de esos noveladores de novelas realistas o de costumbrismo, que iba allí a documentarse, entonces tuvo bien merecida la lección que le dieron.

No, yo no voy a ningún café a documentarme; a lo más, a buscar una sala de espejos en que nos juntemos, silenciosamente y a distancia, unas cuantas sombras humanas que van esfumándose a lo lejos. Ni vuelvo al Casino; no, no vuelvo a él.

Podrás decirme que también el Casino es una especie de galería de espejos empañados, que también en él nos vemos, pero... Recuerda lo que tantas veces hemos comentado de Píndaro, el que dijo lo de: "¡hazte el que eres!", pero dijo también —y en relación con ello— lo de que el hombre es "sueño de una sombra". Pues bien: los socios del Casino no son sueños de sombras, sino que son sombras de sueños, que no es lo mismo. Y si Don Sandalio me atrajo allí fué porque le sentí soñar, soñaba el ajedrez, mientras que los otros... Los otros son sombras de sueños míos.

No, no vuelvo al Casino; no vuelvo a él. El que no
se vuelve loco entre tantos tontos es más tonto que
ellos.

XX

10 de noviembre.

Todos estos días he andado más huído aún de la
gente, con más hondo temor de oír sus tonterías. De
la playa al monte y del monte a la playa, de ver rodar
las olas a ver rodar las hojas por el suelo. Y alguna
vez también a ver rodar las hojas a las olas.

Hasta que ayer, pásmate, Felipe, ¿quién crees que
se me presentó en el hotel pretendiendo tener una
conferencia conmigo? Pues nada menos que el yerno
de Don Sandalio.

—Vengo a verle —empezó diciéndome— para ponerle
al corriente de la historia de mi pobre suegro...

—No siga usted —le interrumpí—, no siga usted. No
quiero saber nada de lo que usted va a decirme, no me
interesa nada de lo que pueda decirme de Don Sandalio. No me importan las historias ajenas, no quiero
meterme en las vidas de los demás...

—Pero es que como yo le oía hablar tanto a mi suegro de usted...

—¿De mí?, ¿y a su suegro? Pero si su suegro apenas me conocía..., si Don Sandalio acaso ni sabía mi
nombre...

—Se equivoca usted.

—Pues si me equivoco, prefiero equivocarme. Y me
choca que Don Sandalio hablase de mí, porque Don
Sandalio no hablaba de nadie ni apenas de nada.

—Eso era fuera de casa.

—Pues de lo que hablase dentro de casa no se me
da un pitoche.

—Yo creí, señor mío —me dijo entonces—, que había usted cobrado algún apego, acaso algún cariño a
Don Sandalio...

—Sí —le interrumpí vivamente—, pero a mi Don
Sandalio, ¿lo entiende usted?, al mío, al que jugaba

conmigo silenciosamente al ajedrez, y no al de usted, no a su suegro. Podrán interesarme los ajedrecistas silenciosos, pero los suegros no me interesan nada. Por lo que le ruego que no insista en colocarme la histo-. ria de su Don Sandalio, que la del mío me la sé yo mejor que usted.

—Pero al menos —me replicó— consentirá usted a un joven que le pida un consejo...

—¿Consejos?, ¿consejos yo? No, yo no puedo aconsejar nada a nadie.

—De modo que se niega...

—Me niego redondamente a saber nada más de lo que usted pueda contarme. Me basta con lo que yo me invento.

Me miró el yerno de una manera no muy diferente a como me miraba su suegro cuando le hablé del obispo loco, del alfil de marcha soslayada, y encojiéndose de hombros, se me despidió y salióse de mi cuarto. Y yo me quedé pensando si acaso Don Sandalio comentaría en su casa, ante su hija y su yerno, aquella mi disertación sobre el elefantino obispo loco del ajedrez Quién sabe...

Y ahora me dispongo a salir de esta villa, a dejar este rincón costero y montañés. Aunque ¿podré dejarlo?, ¿no quedo sujeto a él por el recuerdo de Don Sandalio sobre todo? No, no, no puedo salir de aquí.

XXI

15 de noviembre.

Ahora empiezo a hacer memoria, empiezo a remembrar y a reconstruir ciertos oscuros ensueños que se me cruzaron en el camino, sombras que nos pasan por delante o por el lado, desvanecidas y como si pasasen por una galería de espejos empañados. Alguna vez, al volver de noche a mi casa, me crucé en el camino con una sombra humana que se proyectó sobre lo más hondo de mi conciencia, entonces como adormilada, que me produjo una extraña sensación y que al pasar a mi lado bajó la cabeza así como si evitara

el que yo le reconociese. Y he dado en pensar si es
que acaso no era Don Sandalio, pero otro Don Sandalio, el que yo no conocía, el no ajedrecista, el del
hijo que se le murió, el del yerno, el que hablaba, según
éste, de mí en su casa, el que se murió en la cárcel.
Quería, sin duda, escapárseme, huía de que yo le re-
conociera.

Pero ¿es que cuando así me crucé, o se me figura
ahora que me crucé, con aquella sombra humana, de
espejo empañado, que hoy, a la distancia en el pasado,
se me hace misteriosa, iba yo despierto, o dormido?
¿O es que ahora se me presentan como recuerdos de
cosas pasadas —yo creo, ya lo sabes, y vaya de paradoja, que hay recuerdos de cosas futuras como hay
esperanzas de cosas pasadas, y esto es la añoranza—,
figuraciones que acabo de hacerme? Porque he de con-
fesarte, Felipe mío, que cada día me forjo nuevos recuerdos, estoy inventando lo que me pasó y lo que pasó
por delante de mí. Y te aseguro que no creo que nadie
pueda estar seguro de qué es lo que le ocurrió y qué
es lo que está de continuo inventando que le había
ocurrido. Y ahora yo, sobre la muerte de Don Sandalio, me temo que estoy formando otro Don Sandalio.
Pero ¿me temo?, ¿temer?, ¿por qué?

Aquella sombra que se me figura ahora, a trasma-
no, a redrotiempo, que vi cruzar por la calle con la
cabeza baja —¿la suya o la mía?—, ¿sería la de Don
Sandalio que venía de topar con uno de esos problemas
que nos ofrece traidoramente el juego de la vida, acaso
con el problema que le llevó a la cárcel y en la cárcel
a la muerte?

XXII

20 de noviembre.

No, no te canses, Felipe; es inútil que insistas en
ello. No estoy dispuesto a ponerme a buscar noticias
de la vida familiar e íntima de Don Sandalio, no he
de ir a buscar a su yerno para informarme de por
qué y cómo fué a parar su suegro a la cárcel ni de

por qué y cómo se murió en ella. No me interesa su historia, me basta con su novela. Y en cuanto a ésta, la cuestión es soñarla.

Y en cuanto a esa indicación que me haces de que averigüe siquiera cómo es o cómo fué la hija de Don Sandalio —cómo fué si el yerno de éste está viudo por haberse muerto la tal hija— y cómo se casó, no esperes de mí tal cosa. Te veo venir, Felipe, te veo venir. Tú has echado de menos en toda esta mi correspondencia una figura de mujer y ahora te figuras que la novela que estás buscando, la novela que quieres que yo te sirva, empezará a cuajar en cuanto surja ella. ¡Ella! ¡La ella del viejo cuento! Sí, ya sé, "¡buscad a ella!" Pero yo no pienso buscar ni a la hija de Don Sandalio ni a otra ella que con él pueda tener relación. Yo me figuro que para Don Sandalio no hubo otra ella que la reina del ajedrez, esa reina que marcha derecha, como una torre, de blanco en negro y de negro en blanco y a la vez de sesgo como un obispo loco y elefantino, de blanco en blanco o de negro en negro; esa reina que domina el tablero, pero a cuya dignidad de imperio puede llegar, cambiando de sexo, un triste peón. Ésta creo que fué la única reina de sus pensamientos.

No sé qué escritor de esos obstinados por el problema del sexo dijo que la mujer es una esfinge sin enigma. Puede ser; pero el problema más hondo de la novela, o sea del juego de nuestra vida, no está en cuestión sexual, como no está en cuestión de estómago. El problema más hondo de nuestra novela, de la tuya, Felipe, de la mía, de la de Don Sandalio, es un problema de personalidad, de ser o no ser, y no de comer o no comer, de amar o ser amado; nuestra novela, la de cada uno de nosotros, es si somos más que ajedrecistas o tresillistas, o tutistas, o casineros, o... la profesión, oficio, religión o deporte que quieras, y esta novela se la dejo a cada cual que se la sueñe como mejor le aproveche, le distraiga o le consuele. Puede ser que haya esfinges sin enigma —y éstas son las novelas de que gustan los casineros—, pero hay también enigmas sin esfinge. La reina del ajedrez no tiene el busto, los senos, el rostro de mujer de la esfinge que

se asienta al sol entre las arenas del desierto, pero tiene su enigma. La hija de Don Sandalio puede ser que
fuese esfíngica y el origen de su tragedia, íntima, pero
no creo que fuese enigmática, y, en cambio, la reina
de sus pensamientos era enigmática aunque no esfíngica: la reina de sus pensamientos no se estaba asenta-
da al sol entre las arenas del desierto, sino que recorría el tablero, de cabo a cabo, ya derechamente, ya de
sesgo. ¿Quieres más novela que ésta?

XXIII

28 de noviembre.

¡Y dale con la colorada! Ahora te me vienes con eso
de que escriba por lo menos la novela de Don Sandalio el ajedrecista. Escríbela tú si quieres. Ahí tienes
todos los datos, porque no hay más, que los que yo te
he dado en estas mis cartas. Si te hacen falta otros,
invéntalos recordando lo de nuestro Pepe *el Gallego.*
Aunque, en todo caso, ¿para qué quieres más novela
que la que te he contado? En ella está todo. Y al que
no le baste con ello, que añada de su cosecha lo que
necesite. En esta mi correspondencia contigo está toda
mi novela del ajedrecista, toda la novela de mi ajedrecista. Y para mí no hay otra.
    ¿Que te quedas con la gana de más, de otra cosa?
Pues, mira, busca en esa ciudad en que vives un café
solitario —mejor en los arrabales—, pero un café de
espejos, enfrentados y empañados, y ponte en medio
de ellos y échate a soñar. Y a dialogar contigo mismo.
Y es casi seguro que acabarás por dar con tu Don
Sandalio. ¿Que no es el mío? ¡Y qué más da! ¿Qué
no es ajedrecista? Sería billarista o futbolista o lo
que fuere. O será novelista. Y tú mismo mientras así
le sueñes y con él dialogues te harás novelista. Hazte,
pues, Felipe mío, novelista y no tendrás que pedir novelas a los demás. Un novelista no debe leer novelas
ajenas, aunque otra cosa diga Blasco Ibáñez, que asegu-
ra que él apenas lee más que novelas.

Y si es terrible caer como en profesión en fabricante de novelas, mucho más terrible es caer como en profesión en lector de ellas. Y créeme que no habría fábricas, como esas americanas, en que se producen artículos en serie, si no hubiese una clientela que consume los artículos seriados, los productos con marca de fábrica.

Y ahora, para no tener que seguir escribiéndote y para huir de una vez de este rincón donde me persigue la sombra enigmática de Don Sandalio el ajedrecista, mañana mismo salgo de aquí y voy a ésa para que continuemos de palabra este diálogo sobre su novela.

Hasta pronto, pues, y te abraza por escrito tu amigo.

EPÍLOGO

*He vuelto a repasar esta correspondencia que me
envió un lector desconocido, la he vuelto a leer una
y más veces, y cuanto más la leo y la estudio más me
va ganando una sospecha, y es que se trata, siquiera
en parte, de una ficción para colocar una especie de
autobiografía amañada. O sea que el Don Sandalio es
el mismo autor de las cartas, que se ha puesto fuera
de sí para mejor representarse y a la vez disfrazarse
y ocultar su verdad. Claro está que no ha podido contar lo de su muerte y la conversación de su yerno
con el supuesto corresponsal de Felipe, o sea consigo
mismo, pero esto no es más que un truco novelístico.*

*¿O no será acaso que el Don Sandalio, el mi Don
Sandalio, del epistolero, no es otro que el mi querido
Felipe mismo? ¿Será todo ello una autobiografía no-
velada del Felipe destinatario de las cartas y al parecer
mi desconocido lector mismo? ¡El autor de las cartas!
¡Felipe! ¡Don Sandalio el ajedrecista! ¡Figuras todas
de una galería de espejos empañados!*

*Sabido es, por lo demás, que toda biografía, histó-
rica o novelesca —que para el caso es igual—, es
siempre autobiográfica, que todo autor que supone
hablar de otro no habla en realidad más que de sí
mismo y, por muy diferente que este sí mismo sea de
él propio, de él tal cual se cree ser. Los más grandes
historiadores son los novelistas, los que más se meten
a sí mismos en sus historias, en las historias que in-
ventan.*

*Y por otra parte, toda autobiografía es nada menos
que una novela. Novela las Confesiones, desde San*

Agustín, y novela las de Juan Jacobo Rousseau y novela el Poesía y verdad, *de Goethe, aunque éste, ya
al darle el título que les dió a sus* Memorias, *vió con
toda su olímpica clarividencia que no hay más verdad
verdadera que la poética, que no hay más verdadera
historia que la novela.*

Todo poeta, todo creador, todo novelador —nove-
lar es crear—, al crear personajes se está creando a
sí mismo, y si le nacen muertos es que él vive muerto.
Todo poeta, digo, todo creador, incluso el Supremo
Poeta, el Eterno Poeta, incluso Dios, que al crear la
Creación, el Universo, al estarlo creando de continuo,
poematizándolo, no hace sino estarse creando a Sí mismo en su Poema, en su Divina Novela.

Por todo lo cual, y por mucho más que me callo,
nadie me quitará de la cabeza que el autor de estas
cartas en que se nos narra la biografía de Don Sandalio, el jugador de ajedrez, es el mismo Don Sandalio,
aunque para despistarnos nos hable de su propia muerte y de algo que poco después de ella pasó.

No faltará, a pesar de todo, algún lector materia-
lista, de esos a quienes les falta tiempo material
—¡tiempo material!, ¡qué expresión tan reveladora!—
para bucear en los más hondos problemas del juego
de la vida, que opine que yo debí, con los datos de
estas cartas, escribir la novela de Don Sandalio, inventar la resolución del problema misterioso de su
vida y hacer así una novela, lo que se llama una novela. Pero yo, que vivo en un tiempo espiritual, me
he propuesto escribir la novela de una novela —que
es algo así como sombra de una sombra—, no la novela de un novelista, no, sino la novela de una novela,
y escribirla para mis lectores, para los lectores que
yo me he hecho a la vez que ellos me han hecho a mí.
Otra cosa ni me interesa mucho ni les interesa mucho
a mis lectores, a los míos. Mis lectores, los míos, no
buscan el mundo coherente de las novelas llamadas
realistas —¿no es verdad, lectores míos?—; mis lectores, los míos, saben que un argumento no es más
que un pretexto para una novela, y que queda, ésta,
la novela, toda entera, y más pura, más interesante,
más novelesca, si se le quita el argumento. Por lo de-

más, yo ya ni necesito que mis lectores —como el desconocido que me proporcionó las cartas de Felipe—, los míos, me proporcionen argumentos para que yo les dé las novelas, prefiero, y estoy seguro de que ellos han de preferirlo, que les dé yo las novelas y ellos les pongan argumentos. No son mis lectores de los que al ir a oír una ópera o ver una película de cine —sonoro o no— compran antes el argumento para saber a qué atenerse.

Salamanca, diciembre 1930.

UN POBRE HOMBRE RICO O EL SENTI-
MIENTO CÓMICO DE LA VIDA

*Dilectus meus misit manum suam
per foramen, et venter meus intre-
muit ad tactum eius.*

(Cantica Canticorum, v, 4.)

Emeterio Alfonso se encontraba a sus veinticuatro
años soltero, solo y sin obligaciones de familia, con un
capitalillo modesto y empleado a la vez en un Banco.
Se acordaba vagamente de su infancia y de cómo sus
padres, modestos artesanos que a fuerza de ahorro
amasaron una fortunita, solían exclamar al oírle re-
citar los versos del texto de retórica y poética: "¡Tú
llegarás a ministro!" Pero él, ahora, con su rentita y
su sueldo, no envidiaba a ningún ministro.

Era Emeterio un joven fundamental y radicalmente
ahorrativo. Cada mes depositaba en el Banco mismo
en que prestaba sus servicios el fruto de su ahorro
mensual. Y era ahorrativo, lo mismo que en dinero,
en trabajo, en salud, en pensamiento y en afecto. Se
limitaba a cumplir, y no más, en su labor de oficina
bancaria, era aprensivo y se servía de toda clase de
preservativos, aceptaba todos los lugares comunes del
sentido también común, y era parco en amistades. Todas las noches al acostarse, casi siempre a la misma
hora, ponía sus pantalones en esos aparatos que sirven
para mantenerlos tersos y sin arrugas.

Asistía a una tertulia de café donde reía las gracias
de los demás y él no se cansaba en hacer gracia. El
único de los contertulianos con quien llegó a trabar alguna intimidad fué Celedonio Ibáñez, que le tomó de

"¡oh amado Teótimo!" para ejercer sus facultades. Celedonio era discípulo de aquel extraordinario Don Fulgencio Entrambosmares del Aquilón, de quien se dió prolija cuenta en nuestra novela *Amor y pedagogía*.

Celedonio enseñó a su admirador Emeterio a jugar al ajedrez y le metió en el arte entretenido, inofensivo, honesto y saludable de descifrar charadas, jeroglíficos, logogrifos, palabras cruzadas y demás problemas inocentes. Celedonio, por su parte, se dedicaba a la economía pura, no a la política, con cálculo diferencial e integral y todo. Era el consejero, casi el confesor de Emeterio. Y éste estaba al tanto del sentido de lo que pasaba por los comentarios de Celedonio, y en cuanto a lo que pasaba sin sentido, enterábase de ello por *La Correspondencia de España*, que leía a diario, cada noche, al acostarse. Los sábados se permitía el teatro, pero a ver comedias o sainetes, no dramas.

Tal era, por fuera, en la exterioridad, la vida apacible y metódica de Emeterio; en la interioridad, si es que no en la intimidad, era un huésped, huésped de la casa de pupilos de Doña Tomasa. Su interioridad era la hospedería, la casa de huéspedes; ésta su hogar y su única familia sustitutiva.

El personal de la casa de huéspedes, compuesto de viajantes de comercio, estudiantes, opositores a cátedras y gentes de ocupaciones ambiguas, se renovaba frecuentemente. El pupilo más fijo era él, Emeterio, que iba acercándose desde la interioridad a la intimidad de la casa de Doña Tomasa.

El corazón de esta intimidad era Rosita, la única hija de Doña Tomasa, la que le ayudaba a llevar el negocio y la que servía a la mesa a los huéspedes con gran contento de éstos. Porque Rosita era fresca, apetitosa y aperitiva y hasta provocativa. Se resignaba sonriente a cierto discreto magreo, pues sabía que las tentarujas encubrían las deficiencias de las chuletas servidas, y aguantaba los chistes verdes y aun los provocaba y respondía. Rosita tenía veinte años floridos. Y entre los huéspedes, al que en especial dedicaba

sus pestañeos, sus caídas de ojos, era a Emeterio. "¡A
ver si le pescas...!", solía decirle su madre, Doña
Tomasa, y ella, la niña: "O si le cazo..." "¿Pero es
que es carne o pescado?" "Me parece, madre, que
no es carne ni pescado, sino rana." "¿Rana? Pues
encandílale, hija, encandílale, ¿para qué quieres, si no,
esos ojos?" "Bueno, madre, pero no haga así de en-
candiladora, que me basto yo sola." "Pues a ello, ¿eh?,
¡y tacto!" Y así es como Rosita se puso a encandilar
a Emeterio, o Don Emeterio, como ella le llamaba siempre, encontrándole hasta guapo.

Emeterio trataba a la vez, ahorrativamente, de apro-
vecharse y de defenderse, porque no quería caer de
primo. Escocíale, además —además de otros escoci-
mientos—, que los huéspedes seguían con sonrisas que
a él, a Emeterio, se le antojaban compasivas, las ma-
niobras y ojeadas de Rosita; todos, menos Martínez,
que las miraba con toda la seriedad de un opositor a
cátedras de psicología que era. "Pero no, no, a mí no
me pesca —se decía Emeterio— esta chiquilla; ¡car-
gar yo con ella y con Doña Tomasa encima! ¡El buey
suelto bien se lame..., buey..., buey..., pero no toro!"

—Además —le decía Emeterio, y como en confesión,
a Celedonio—, esa chiquilla sabe demasiado. ¡Tiene
una táctica...!

—Pues tú, Emeterio, contra táctica... ¡tacto!

—Al contrario, Celedonio, al contrario. Su táctica sí
que es tacto, táctica de tacto. ¡Si vieras cómo se me
arrima! Con cualquier pretexto, y como quien no quiere la cosa, a rozarme. Me quiere seducir, no cabe duda.
Y yo no sé si a la vez...

—¡Vamos, Emeterio, que los dedos se te antojan
huéspedes!

—Al revés, son los huéspedes los que se me antojan
dedos. Y luego ese Martínez, el opositor de turno, que
se la come con los ojos mientras masculla el bisteque,
y a quien parece que le tiene como sustituto por si yo
le fallo.

—¡Fállala, pues, Emeterio, fállala!

—Y si vieras las mañas que tiene... Una vez, cuando empezaba yo a leer el folletín de *La Corres*, se me
metió en el cuarto, y haciendo como que se rubori-

zaba, ¡qué colores!, dijo: "¡Ay, perdone, Don Emeterio, me había equivocado...!"

—¿Te trata de Don?

—Siempre. Y cuando alguna vez le he dicho que
deje el Don, que me llame Emeterio a secas, ¿sabes
lo que me ha respondido? Pues: "¿A secas? A secas,
no, Don Emeterio, con Don..." Y eso de fingir que se
equivoca y metérseme en el cuarto...

—Estás en casa de su madre, Doña Tomasa, y me
temo que, como dice la Escritura, no te meta en el
cuarto de la que la parió...

—¿La Escritura? ¿Pero la Sagrada Escritura dice
esas cosas...?

—Sí, es del místico Cantar de los Cantares en que,
como en un ombligo, han bebido tantas almas sedientas de amor trasmundano. Y esto del ombligo en que
se bebe es también, por supuesto, bíblico.

—Pues tengo que huir, Celedonio, tengo que huir.
Esa chiquilla no me conviene para mujer propia...

—¿Y ajena?

—Y de todos modos, ¡líos no, líos no! O hacer las
cosas como Dios manda, o no hacerlas...

—Sí, y Dios manda: ¡creced y multiplicaos! Y tú,
por lo que se ve, no quieres multiplicarte.

—¿Multiplicarme? Hartas multiplicaciones hago en
el Banco. ¿Multiplicarme?, ¡por mí mismo!

—Vamos, sí, elevarte al cubo. ¡Vaya una elevación!

Y, en efecto, todo el cuidado de Emeterio era defenderse de la táctica envolvente de Rosita.

—Vaya —llegó una vez a decirle—, ya veo que tratas
de encandilarme, pero es trabajo perdido...

—¿Pero qué quiere usted decirme con eso, Don
Emeterio?

—¡Aunque perdido no! Porque luego me voy por
ahí y... ¡a tu salud, Rosita!

—¿A mi salud? Será a la suya...

—Sí, a la mía, pero con precauciones...

¡Pobre Emeterio! Rosita le cosía los botones que se le rompían, por lo cual él dejaba que se le rompieran; Rosita solía hacerle la corbata diciéndole: "Pero venga usted acá, Don Emeterio; ¡qué Adán es usted!... venga a que le ponga bien esa corbata..."; Rosita le recojía los sábados la ropa sucia, salvo alguna prenda que alguna vez él hurtaba para llevársela a la lavandera. Rosita le llevaba a la cama el ponche caliente cuando alguna vez tenía que acostarse más temprano por causa del catarro. Él, en cambio, llegó algún sábado a llevarla al teatro, a ver algo de reír.

Un día de Difuntos la llevó a ver el *Tenorio*. "¿Y por qué, Don Emeterio, se ha de dar esto el día de Difuntos?" "Pues por el Comendador..." "Pero ese Don Juan me parece un panoli."

Y con todo ello, Emeterio, el ahorrativo, no caía.

—Para mí —le decía Doña Tomasa a su hija— que este panoli tiene por ahí algún lío...

—¡Qué ha de tenerlo, madre, qué ha de tenerlo! ¿Líos él? Lo habría yo olido...

—Y si la prójima no se perfuma...

—Le habría olido a prójima sin perfumar...

—¿Y una novia formal?

—¿Novia formal él? Menos.

—¿Pues entonces?

—Que no le tira el casorio, madre, que no le tira... Le tirará otra cosa...

—Pues entonces, hija, estamos haciendo el paso, y tú no puedes perder así el tiempo. Habrá que recurrir a Martínez, aunque apenas si es proporción. Y di, ¿qué librejos son esos que te ha dado a leer...?

—Nada, madre, paparruchas que escriben sus amigos.

—Mira a ver si le da a él por escribir noveluchas de ésas y nos saca en alguna de ellas a nosotras...

—¿Y qué más querría usted, madre?

—¿Yo?, ¿verme yo en papeles?

Por fin, Emeterio, después de haberlo tratado y consultado con Celedonio, acordó huir de la tentación. Aprovechó para ello unas vacaciones de verano para irse a un balneario a ahorrar salud, y al volver a la Corte, a restituirse a su Banco, trasladarse con su mundo a otra casa de huéspedes. Porque su mundo, su viejo mundo, lo dejó, al irse de veraneo, en casa de Doña Tomasa y como en prenda, llevándose no más que una maleta consigo. Y al volver no se atrevió ni a ir a despedirse de Rosita, sino que, con una carta, mandó a pedir su mundo.

¡Pero lo que ello le costó! ¡Las noches de pesadillas que le atormentó el recuerdo de Rosita! ¡Ahora era cuando comprendió cuán hondamente prendado quedó de ella, ahora era cuando en la oscuridad del lecho le perseguía aquel pestañeo llamativo! "Llamativo —se decía— porque me llama, porque es de llama, de llama de fuego, y también porque sus ojos tienen la dulzura peligrosa de los de la llama del Perú... ¿He hecho bien en huir? ¿Qué de malo hay en Rosita? ¿Por qué le he cobrado miedo? El buey suelto..., pero me parece que los lametones del buey son peores para la salud..."

—Duermo mal y sueño peor —le decía a Celedonio—, me falta algo, me siento ahogar...

—Te falta la tentación, Emeterio, no tienes con quién luchar.

—Es que no hago sino soñar con ella, y ya Rosita se me ha convertido en pesadilla...

—¿Pesadilla, eh?, ¿pesadilla?

—No puedo olvidar, sobre todo, su caída de ojos, su pestañeo...

—Te veo en camino de escribir un tratado de estética.

—Mira, no te lo he dicho antes. Tú sabes que tengo siempre en mi cuarto un calendario americano, de esos de pared, para saber el día en que estoy...

—Será para descifrar la charada o el jeroglífico de cada día...

—También, también. Pues el día en que salí de casa de Doña Tomasa llevándome, ¡claro!, el calendario en el fondo del viejo mundo, no arranqué la hoja...

—¡Renunciando a la charada de aquel día solemne!

—Sí, no la arranqué, y así seguí y así la tengo aún.

—Pues eso me recuerda, Emeterio, lo de aquel recién casado que al morírsele la mujer dió un golpe al reloj, un golpecito, lo hizo pararse y siguió con él, marcando aquel trágico momento, las siete y trece, parado y sin arreglarlo.

—No está mal, Celedonio, no está mal.

—Pues yo creo que habría estado mejor que en aquel momento le hubiese arrancado al reloj el minuto y el horario, pero siguiendo dándole cuerda, y así si le preguntaban: "¿Qué hora es, caballero?", poder responder: "¡Anda pero no marca!", en vez de "¡Marca, pero no anda!" ¿Llevar un reloj parado...?, ¡jamás! Que ande, aunque no marque hora.

Y continuó Emeterio cultivando la tertulia del café, riendo los chistes de los demás, yendo al teatro los sábados, llevando al fin de cada mes sus ahorros al Banco en que servía, ahorros que aumentaban con los relieves de los anteriores ahorros, y cuidando, con toda clase de precauciones ahorrativas, de su salud de soltero que bien se lame. Pero ¡qué vacío en su vida! No, no, la tertulia no era vida. Y aun uno de los contertulios, el más chistoso y ocurrente, un periodista, se le presentó un día en el Banco a darle un sablazo, y como él se le negara, le espetó: "¡Usted me ha estafado!" "¿Yo?" "¡Sí, usted, porque a la tertulia va cada uno en su concepto y da lo que tiene; yo le he hecho reír, le he divertido, usted nada dice allí, usted no va más que como hombre acomodado; acudo a usted en su concepto y se me niega, luego usted me ha estafado, usted me ha estafado!" "Pero es que yo, señor mío, no voy allá como rico, sino como consumidor..." "¿Consumidor de qué?" "¡De chistes! ¡He reído los de usted, y en paz!" "Consumidor..., consumidor... ¡Lo que hace usted es consumirse!" Y así era la verdad

¡Y la nueva casa de huéspedes!

—¡Qué casa, Celedonio, qué casa! Aunque eso no
es casa, es mesón o posada o parador. ¡La de Doña
Tomasa sí que era casa!

—Sí, una casa de pupilos.

—Y ésta una casa de pupilas, porque ¡qué criadas!,
¡qué bestias! Al fin Rosita era una hija de la casa,
una hija de casa y en la suya no tuve que rozarme
con criadas...

—¿Con pupilas, quieres decir?

—¡Pero en este mesón! Ahora hay una Maritornes
que se empeña en freír los huevos nadando en aceite,
y cuando al traérmelos a la mesa se lo reprendo, me
sale con que eso es ¡pa untar! ¡Figúrate!

—Claro, Rosita freía los huevos como hija de casa...

—¡Pues claro!, cuidando por mi salud; pero estas
bestias... Y luego se ha empeñado en ponerme el mundo
pegado a la pared, con lo cual, ya ves, no se puede
abrir bien, porque mi mundo es de esos antiguos que
tienen la cubierta en comba...

—Vamos, sí, como el cielo, cóncava-convexa.

—¡Ay Celedonio, por qué dejé aquella casa!

—Quieres decir que en esta casa no se te encan-
dila...

—Ésta no tiene nada de hogar..., de fogón...

—¿Y por qué no vas a otra?

—Todas son iguales...

—Depende del precio. Según el precio, el trato.

—No, no; en casa de Doña Tomasa no me trataban
según el precio, sino como de la casa...

—Claro, no era para ti una casa de trato. Es que
iban tras de otra cosa.

—Con buen fin, Celedonio, con buen fin. Porque empiezo a darme cuenta de que Rosita estaba enamorada
de mí, sí, como lo oyes; enamorada de mí desinteresadamente. Pero yo... ¿por qué salí?

—Preveo, Emeterio, que vas a volver a casa de Rosita...

—No, ya no, no puede ser. ¿Cómo explico mi vuelta?, ¿qué dirán los otros huéspedes?, ¿qué pensará Martínez?

—Martínez no piensa, te lo aseguro; se prepara a
explicar psicología...

Algún tiempo después contaba Emeterio:

—¿Sabes, Celedonio, con quién me encontré ayer?

—Con Rosita, ¡claro! ¿Iba sola?

—No, no iba sola; iba con Martínez, ya su marido; pero además, ella, Rosita, su persona, no iba sola...

—No te entiendo; como no quieras decir que iba acompañada, o sea en estado calamocano...

—No, iba en lo que llaman estado interesante. Ella misma se apresuró a decírmelo, y con qué mirada de triunfo, con qué pestañeo de arriba abajo: "Estoy, ya lo ve usted, Don Emeterio, en estado interesante." Y me quedé pensado cuál será el interés de ese estado.

—¡Claro!, observación muy natural de parte de un empleado de banca. En cambio, el otro, Martínez, sería curioso saber qué piensa de ese estado en relación con la psicología, lógica y ética. Y bien, ¿qué efecto te causó todo ello?

—¡Si vieras...! Rosita ha ganado con el cambio...

—¿Con qué cambio?

—Con el cambio de estado; se ha redondeado, se ha amatronado..; Si vieras con qué majestuosa solemnidad caminaba apoyándose en el brazo de Martínez...

—Y tú, de seguro, te quedaste pensando: "¿Por qué no caí?, ¿por qué no me tiré... de cabeza al matrimonio?" Y te arrepentiste de tu huída, ¿no es así?

—Algo hay de eso, sí, algo hay de eso...

—¿Y Martínez?

—Martínez me miraba con una sonrisa seria y como queriendo decirme: "¿No la quisiste?, ¡es ya mía!"

—Y suyo el crío...

—O cría. Porque si hubiera sido mío, saldría crío, pero... ¿de Martínez?

—Me parece que sientes ya celos de Martínez...

—¡Qué torpe anduve!

—¿Y Doña Tomasa?

—¿Doña Tomasa? Ah, sí; Doña Tomasa se murió, y eso parece ser que le movió a Rosita a casarse para poder seguir teniendo la casa con respeto...

—¿Y así Martínez pasó de pupilo a pupilero?

—Cabal, pero siguiendo dando sus lecciones particulares y haciendo sus oposiciones. Y ahora, parece providencial, ha ganado por fin cátedra y se va a ella con su mujer y con lo que ésta lleva consigo...

—¡Lo que te has perdido, Emeterio!

—¡Y lo que se ha perdido Rosita!

—¡Y lo que ha ganado Martínez!

—¡Psé!, una cátedra de tres al cuarto! Pero yo ya no tendré hogar, viviré como un buey suelto..., lamiéndome... ¡Qué vida, Celedonio, qué vida...!

—¡Pero si lo que sobran son mujeres...!

—¡Como Rosita, no; como Rosita, no! ¡Y lo que ha ganado con el cambio!

—Una cátedra también.

—Te digo, Celedonio, que ya no soy hombre.

Y, en efecto, toda la vida íntima, toda la oculta intimidad del pobre Emeterio Alfonso —Alfonso era apellido, por lo que Celedonio le aconsejaba que se firmase Emeterio de Alfonso, con un *de* de nobleza—, toda su vida íntima se iba sumiendo en una sima de mortal indiferencia. Y ni le hacían gracia los chistes ni gozaba en descifrar charadas, jeroglíficos y logogrifos; ya la vida no tenía encantos para él. Dormía, pero su corazón velaba, como dice místicamente el Cantar de los Cantares, y la vela de su corazón era el ensueño. Dormía su cabeza, pero su corazón soñaba. En la oficina hacía cuentas con la cabeza dormida mientras su corazón soñaba con Rosita y con Rosita en estado interesante. Así tenía que calcular intereses ajenos. Y sus jefes le tuvieron que llamar la atención sobre ciertas equivocaciones. Una vez le llamó Don Hilarión y le dijo:

—Querría hablar con usted, señor Alfonso.

—Diga, Don Hilarión.

—No es que no estemos satisfechos de sus servicios, señor Alfonso, no. Es usted un empleado modelo, asiduo, laborioso, discreto. Y además es usted cliente del Banco. Aquí es donde deposita usted sus ahorros. Y por cierto que se va usted fraguando una fortunilla regular. Pero me permitirá usted, señor Alfonso, una pregunta, no de superior jerárquico, sino casi de padre...

—No puedo olvidar, Don Hilarión, que fué usted íntimo amigo de mi padre y que a usted más que a nadie debo este empleíllo que me permite ahorrar los intereses de lo que me dejó aquél; usted, pues, tiene derecho a preguntarme lo que guste...

—¿Para qué quiere usted ahorrar así y hacerse rico?

Emeterio se quedó atolondrado como ante un golpe que no sabe de dónde viene ni a dónde va. ¿Qué se proponía Don Hilarión con esa pregunta?

—Pues... pues... no sé —balbuceó.

—¿Es ahorrar por ahorrar? ¿Hacerse rico para ser rico?

—No sé, Don Hilarión, no sé...; me entusiasma el ahorro...

—¿Pero ahorrar un soltero y... sin obligaciones?

—¿Obligaciones? —y Emeterio se alarmó—. No, no tengo obligaciones; le juro, Don Hilarión, que no las tengo...

—Pues entonces no me explico...

—¿Qué es lo que no se explica usted, Don Hilarión?, dígamelo claro.

—Sus frecuentes distracciones, las equivocaciones que de algún tiempo acá se le escapan en sus cuentas. Y ahora, un consejo.

—El que usted me dé, Don Hilarión.

—Lo que a usted le conviene, señor Alfonso, para curarse de esas distracciones es... ¡casarse! Cásese usted, señor Alfonso, cásese usted. Nos dan mejor rendimiento los casados.

—Pero ¿casarme yo, Don Hilarión?, ¿yo? ¿Emeterio Alfonso? ¿Casarme yo? ¿Y con quién?

—¡Piénselo bien en vez de distraerse tanto, y cásese, señor Alfonso, cásese!

Y entró Emeterio en una vida imposible, de profunda soledad interior. Huía de la tertulia tradicional y se iba a cafés apartados, de los arrabales, donde nadie le conocía ni él a nadie. Y observaba con tristeza, sobre todo los domingos, aquellas familias de artesanos

y de pequeños burgueses —acaso alguno catedrático
de psicología— que iban, el matrimonio con sus hijos,
a tomar café con media tostada oyendo el concierto
popular de piano. Y cuando veía que la madre lim-
piaba los mocos a uno de sus pequeñuelos, se acordaba de los cuidados maternales, sí, maternales, que
solía tener con él la Rosita en casa de Doña Tomasa.
Y se iba con el pensamiento a la oscura y apartada
ciudad provinciana en que Rosita, su Rosita, distraía
las distracciones de Martínez para que éste pudiese
enseñar psicología, lógica y ética a los hijos de otros
y de otras. Y cuando al volverse a su... casa, no, no
casa, sino mesón o parador, al atravesar alguna de
aquellas sórdidas callejas, una voz que salía del em-
bozo de un mantón le decía: "¡Oye, rico!", decíase él
a sí mismo mientras huía: "¿Rico?, ¿y para qué rico?
Tiene razón Don Hilarión, ¿para qué rico? ¿Para qué
los intereses de mis ahorros si no he de ayudar a un
estado interesante? ¿Para comprar papel del Estado?
Pero es que este Estado no me es interesante, no me
interesa... ¿Por qué huí, Dios mío?, ¿por qué no me
dejé caer?, ¿por qué no me tiré?, ¡y de cabeza!"
    Aquello no era ya vivir. Y dió en corretear las calles,
en bañarse en muchedumbre suelta, en ir imaginándose la vida interior de las masas con quienes cruzaba, en desnudarles no sólo el cuerpo, sino el alma,
con la mirada. "Si supiera yo —se decía— la psicología que sabe Martínez... Ese Martínez a quien le he
casado yo con Rosita. Porque no cabe duda que he sido
yo, yo, quien les ha casado... Mas, en fin, que sean felices y que gocen de buena salud, que es lo que importa...
¿Se acordarán de mí? ¿Y cuándo?"
    Dió primero en seguir a las tobilleras, luego a los
que las seguían tras los tobillos, después en oír los chi-
coleos y las respuestas de ellas, y por último en per-
seguir parejas. ¡Lo que gozaba viéndolas bien apare-
jadas! "Vaya —se decía—, a ésta ya le dejó el novio...
o lo que sea..., ya va sola, pero pronto vendrá otro...
Éstos me parece que han cambiado con aquellos otros;
¿es una nueva combinación...?, ¿cuántas combinaciones
binarias caben entre cuatro términos...? Se me empiezan a olvidar las matemáticas..."

—Pero hombre —le dijo un día Celedonio al encontrarle en uno de aquellos callejeos investigativos o en una de aquellas investigaciones callejeras—, pero hombre, ¿sabes que empiezas a hacerte popular entre novios y novias?

—¿Cómo así?

—Que ya te han conocido el flaco; se divierten mucho con él y te llaman el inspector de noviazgos. Y todos dicen: ¡Pobre hombre!

—Pues, mira, sí, me tira esto, no puedo negártelo. Sufro cuando veo que algún mocito deja a su mocita por otra, y cuando éstas tienen que cambiar de mozo y cuando una que lo merece no encuentra quien le diga: ¡Por ahí te pudras! y aunque se ponga papel no le llega inquilino.

—O huésped.

—Como quieras. Sufro mucho, y si no fuera por lo que es, pondría agencia de matrimonios o me haría casamentero.

—U otra cosa...

—Lo mismo me da. Y haciéndolo como yo, por amor al prójimo, por caridad, por humanidad, no creo que ello sea desdoroso...

—¡Qué ha de serlo, Emeterio, qué ha de serlo! Recuerda que Don Quijote, caballero que es el dechado y colmo del desinterés, dice que "no es así como se quiera el oficio de alcahuete, que es oficio de discretos y necesarísimo en la república bien ordenada, y que no le debía ejercer sino gente muy bien nacida, y aun había de haber veedor y examinador de los tales...", y todo lo demás que dice al respecto, que ya no me acuerdo...

—Pues, sí, sí, Celedonio, me tira eso, pero por el arte; el arte por el arte, por puro desinterés, y ni tampoco para que la república esté bien ordenada, sino para que ellos gocen mejor y yo goce viéndolos y sintiéndolos gozosos.

—Y es natural que Don Quijote sintiese debilidad por los alcahuetes y por otras gentes. Recuerda qué caritativas, qué maternales estuvieron con él las mozas que llaman del partido, y la caritativa Maritornes, que sabía echar a rodar la honestidad cuando se trataba de aliviar la flaqueza del prójimo. ¿O es que crees que Don Quijote es como esos señores de la Real Academia de la Lengua Española que dicen que la ramera es "mujer que hace ganancia de su cuerpo, entregada vilmente al vicio de la lascivia"? Porque la ganancia es una cosa y la lascivia es otra. Y las hay que ni por ganancia ni por lascivia, sino por divertirse.

—Sí, por deporte.

—Como tú, por deporte y no por ganancia ni por lascivia, ¿no es así?, a eso de seguir parejas...

—Te juro que...

—Sí, la cuestión es pasar el rato, sin adquirir compromisos serios. Y tú siempre has huído de los compromisos. Es más divertido comprometer a los demás.

—Y mira, me da una pena cuando veo a una muchacha que lo vale cambiar de novios y no sujetar a ninguno...

—Eres un artista, Emeterio. ¿No has sentido nunca vocación al arte?

—Sí, en un tiempo me dió por modelar...

—Ah, sí, te gustaba manosear el barro...

—Algo había de eso...

—Divino oficio el de alfarero, que así dicen que hizo Dios al primer hombre, como a un puchero...

—Pues a mí, Celedonio, me gustaría más el de restaurar ánforas antiguas...

—¿Apañacuencos? ¿Qué, con lañas?

—Hombre, no; eso de la laña es una grosería. Pero figúrate tú cojer un ánfora...

—Llámale botijo, Emeterio.

—¡Bueno, cojer un botijo hecho cachos y dejarlo como nuevo...

—Te repito que eres todo un artista, Emeterio. Deberías poner una cacharreía.

—Y di, Celedonio, cuando Dios le rompió una costilla a Adán para hacer con ella a Eva, ¿se la compuso luego?

—Me figuro que sí. ¡Despés de manosearla, claro!

—En fin, Celedonio, que no lo puedo remediar, que me tira el oficio ese que tan necesario le parece a Don Quijote, que no es tampoco por gusto de manoseo...

—No, tú te dedicas al ojeo...

—Es más espiritual.

—Así parece.

—Y alguna vez, pensando en mi soledad, se me ha ocurrido que yo debía haberme hecho cura...

—¿Para qué?

—Para confesar...

—¡Ah, sí! ¿Para que se desnudasen el alma ante ti...?

—Me acuerdo cuando iba yo a confesarme siendo chico, y el cura, entre sorbo y sorbo de rapé, me preguntaba: "Sin mentir, sin mentir, ¿cuántas, cuántas veces?" Pero yo no podía desnudarle nada. Ni siquiera le entendía.

—Y ahora, ¿entiendes más?

—Mira, Celedonio, lo que ahora me pasa es que...

—Es que te aburres soberanamente...

—Algo peor, algo peor...

—Claro, viviendo en esa soledad...

—En la soledad de mis recuerdos de la casa de huéspedes de Doña Tomasa...

—¡Siempre Rosita!

—Siempre, sí, siempre Rosita...

Y se separaron.

Una de aquellas observaciones en excursiones furtivas le dejó una impresión profunda. Y fué que al meterse un anochecer en un café de barrio, a poco de entrar en él entró una moza, larga de uñas, de pestañas —¡como Rosita!—; aquéllas, las uñas, teñidas de rojo, y negras las pestañas bajo las cejas afeitadas y luego teñidas de negro, pestañas como uñas de los párpados henchidos y amoratados, en acorde con los labios de su boca, henchidos y amoratados también. "¡Pestañuda!", se dijo Emeterio. Y se acordó de lo que le había oído decir a Celedonio —que era erudito— de cierta planta carnívora, la drosera, que con

una especie de pestañas apresa a pobres insectos atraídos por su flor y les chupa el jugo. Entró la pestañuda contorneándose, hurgó el recinto con los ojos,
resbaló su mirada por Emeterio y echó un pestañazo
a un vejete calvo que sorbía poco a poco su leche con
café, después de haberse engullido media tostada. Le
lanzó las uñas de sus párpados en guiñada, a la vez
que se humedecía los hinchados labios con la lengua.
Al vejete se le encendió la calva poniéndose del color de las uñas de los dedos de la moza, y mientras
ésta se salivaba los amoratados labios él se tragaba en
seco —¡así!— la saliva. Ladeó ella la cabeza y alzán-
dose como por resorte, se salió. Y tras ella, rascándose
la nariz como por disimulo, y a rastras de las pestañas
de la pestañuda, él, el pobre del café con leche. Y tras
de los dos, todo transido, Emeterio, que se decía:
"¿Tendrá razón Don Hilarión?"

Y así corrían los años y Emeterio vivía como una
sombra errante y ahorrativa, como un hongo, sin por-
venir y ya casi sin pasado. Porque iba perdiendo la
memoria de éste. Ya no frecuentaba a Celedonio y
casi le huía. Sobre todo desde que Celedonio se había
casado con la criada.

—¿Pero qué es de ti, Emeterio? —le preguntó aquél
una vez que se encontraron—, ¿qué es de ti?

—Mira, chico, no lo sé. Ya no sé quién soy.

—¿Y antes lo sabías?

—Ya no sé ni si soy... Vivo...

—Y te enriqueces, me dicen...

—¿Enriquecerme?

—Y de Rosita, ¿qué es? Porque él, Martínez, produjo ya lo más que pudo producir...

—¿Qué, más estados interesantes? ¿Más hijos?

—No, sino una vacante en el escalafón...

—¿Qué? ¿Se murió?

—Sí, se murió, dejando a Rosita viuda y con una
hija. Y tú también, Emeterio, producirás algún día una
vacante... en el Banco.

—¡Calla, calla, no hables de eso!

Y Emeterio huyó, pensando en la vacante. Y ya toda su preocupación, bajo la sombra nebulosa en que se le iban fundiendo sus ajados recuerdos, era la vacante. Y para distraerse, para olvidar que envejecía, para no pensar en que un día habría de jubilarse —¡jubilado y buey suelto, buey jubilado!—, recorría las calles buscando, con mirada ansiosa, alguna imagen a que agarrarse. "Jubilado y buey —se decía—, ¡vaya un júbilo! ¿Y qué jubilación le habrá quedado, aparte de su hija, a Rosita?"

Hasta que un día, de pronto, como en súbita revelación providencial, el corazón se le desveló, le dió un vuelco y sintió que renacía el pasado que pudo haber sido y no fué, que renacía su ex futuro. ¿Quién era aquella aparición maravillosa que llenó la calle como un aroma de selva virgen? ¿Quién era aquella mocita arrogante, de llamativa mirada, que iba rejuveneciendo a los que la miraban? Y se puso a seguirla. Y ella, que se sintió seguida, pisó más fuerte y alguna vez volvió la cabeza, con en los ojos una mirada toda sonrisa, jubilosa sonrisa de lástima al ver al que la miraba. "Esta mirada —se dijo Emeterio— me llega del otro mundo..., sí, me parece como si me llegara de mi viejo mundo, de aquel donde me aguarda el calendario de antaño."

Pero ya tenía una ocupación, y era seguir a la aparición misteriosa, averiguar dónde vivía, quién era y... ¡Ay, aquella terrible vacante por jubilación o por...! ¡Y aquellas distracciones al calcular los intereses ajenos!

A los pocos días, en sus correrías por los barrios en que la aparición se le apareció, vió a ésta acompañada de un mocito. Y se le representó, no sabía bien por qué, Martínez. Y sintió celos. "Vaya, me voy volviendo chocho —se dijo—. ¡Esa jubilación en puerta...! ¡Esa vacante!"

Pocos días después se encontró con Celedonio.

—¿Sabes, Celedonio, a quién he encontrado ayer?

—Claro está que lo sé: ¡a Rosita!

—¿Y cómo lo has sabido?

—Basta verte la mirada. Porque te encuentro rejuvenecido, Emeterio.

—¿De veras? Pues así es.

—¿Y cómo la encontraste?

—Pues mira, hace ya días, en uno de mis vagabundeos callejeros, di con una aparición divina, te digo, Celedonio, que divina..., con una mocita toda llama en los ojos, toda vida, toda...

—Deja el Cantar de los Cantares, y al caso.

—Y di en seguirla. Sin sospechar, ¡claro!, quién era. Aunque acaso me lo decía el corazón, una corazonada me lo decía, sin que se lo entendiera bien, ese... ese...

—Sí, lo que Martínez, su padre, llamaría el subconsciente...

—Pues sí, el subcociente ése...

—Subconsciente se dice...

—Pues el subcociente me lo decía, pero yo... sin entenderle. Y la vi con un mocito, su novio, y sentí celos...

—Sí, de Martínez.

—Y hasta me propuse desbancar al mocito...

—A quien van a desbancarte es a ti, Emeterio.

—No me recuerdes la jubilación, que ahora todo mi corazón es júbilo. Claro que yo me decía: "Mira, Emeterio, a ver si ahora, a tus cincuenta pasados, vas a caer con una chiquilla que puede muy bien ser tu hija... Mira, Emeterio..."

—Bien, ¿y en qué se quedó ello?

—En que ayer, al llegar, siguiendo a esa chiquilla divina, a la casa en que vive, me encuentro con que sale de ella Rosita en persona, ¡su madre! ¡Y si vieras cómo está! ¡Apenas han pasado por ella los años!

—No, han pasado por ti... con sus intereses.

—¡Una jamona de cuarenta y seis con chorreras! Sí, una señora de incierta edad... Y en cuanto me vió: "¡Dichosos los ojos, Don Emeterio...!" "¡Y tan dichosos, Rosita, tan dichosos!", le respondí. "¿Pero qué ojos?", me preguntó. Y nos pusimos a hablar, hasta que me invitó a subir a su casa...

—Y subiste y te presentó a su hija...

—¡Cabal!

—Siempre fué Rosita, lo sabes mejor que yo, mujer de táctica y maniobrera.

—¿Pero tú crees?

—Lo que yo creo es que estaba al tanto de tus seguimientos tras de su hija, y que ya que tú le escapaste, piensa cazarte o pescarte, y con tus intereses, para su hija...

—¡Verás, verás! Me presentó, en efecto, a su hija, a Clotilde, pero ésta se nos fué en seguida, pretextando no sé qué, lo que me pareció no le hacía mucha gracia a su madre...

—Claro, se iba tras de su novio...

—Y nos quedamos solos...

—Ahora empieza lo interesante.

—Y me contó su vida y su viudedad. Verás, a ver si recuerdo: "Desde que usted se nos escapó...", empezó diciéndome. Y yo: "¿Es...caparme?" Y ella: "Sí, desde que se nos es...capó, yo quedé inconsolable, porque aquello, reconózcalo usted, Don Emeterio, no estuvo bien, no, no estuvo ni medio bien... Y al fin tuve que casarme. ¡Qué remedio!" "¿Y su marido?", le dije. "¿Quién, Martínez? ¡Pobrecillo! Un pobre hombre... pobre, que es lo peor..."

—Y ella, Emeterio, pensaba en tanto que un pobre hombre rico, como tú, es lo mejor...

—No lo sé. Y empezó a hacerme pucheros...

—Sí, pensando en lo suyo y de su hija...

—Y me dijo de ésta que es una alhaja, una joya...

—Sin montura...

—¿Qué quieres decir?

—Nada, que ahora trata de que la montes o engastes tú...

—¡Pero qué cosas se te ocurren, Celedonio!

—¡A ella, a ella!

—Creo que te equivocas al suponerla...

—No, si yo no supongo otra cosa sino que trata de colocar a su hija, de colocártela...

—Y si así fuese, ¿qué?

—Que ya has caído, Emeterio, que ya has caído, que ya te ha cazado o pescado.

—¿Y qué?

—Nada, que ahora puedes jubilarte.

—Y al acabar la visita me dijo: "Y ahora vuelva cuando quiera, Don Emeterio, ésta es su casa."

—Y lo será.

—Depende de Clotilde.

—No, depende de Rosita.

Y, en efecto, empezó en tanto entre Rosita y su hija Clotilde una especie de duelo.

—Mira, hija mía, es preciso que lo pienses bien y te dejes de chiquillerías. Ese tu novio, ese Paquito no me parece un partido, y, en cambio, Don Emeterio lo es...

—¿Partido?

—Sí, partido. Claro es que te lleva bastantes años, que podría muy bien, por su edad, ser tu padre; pero aún está de buen ver y, sobre todo, me he informado bien de ello, anda muy bien de caja...

—Y claro, como no pudiste, siendo tú como yo ahora, moza, encajártelo, me lo quieres encajar ahora... ¡Pa'chasco! ¿Vejestorios a mí? Y dime, ¿por qué le dejaste escapar?

—Como siempre ha sido muy ahorrativo, tenía la preocupación de la salud. Y yo no sé qué se le antojó si se casaba conmigo...

—Pues ahora, mamá, peor, porque a sus años y a los míos eso de la salud..., que ya te lo entiendo..., debe preocuparle más.

—Pues yo creo que no, que ahora ya no le preocupa la salud, sino todo lo contrario, y que debes aprovecharte de ello.

—Pues mira, mamá, yo soy joven, me siento joven y no quiero sacrificarme a hacer de enfermera para quedarme luego con un capitalito. No, no, yo quiero gozar de mi vida...

—¡Qué boba eres, hija mía! Tú no sabes lo de la cadena.

—¿Y qué es eso?

—Pues mira: tú te casas con este señor, que te lleva... bien, lo que te lleve..., le cuidas...

—Cuido de su salud, ¿eh?

—Pero no demasiado, no es menester que te sacrifiques. Lo primero es cumplir. Cumples...

—¿Y él?

—Él cumple, y te quedas viuda, hecha ya una ma-
trona, en buena edad todavía...

—Como tú ahora, ¿no es eso?

—Sí, como yo; sólo que yo no tengo sobre que caerme
muerta, mientras que tú, si te casas con Don Emeterio,
te quedarás viuda en otras condiciones...

—Sí, y teniendo sobre quien caerme viva...

—Ahí está el toque. Porque entonces, viuda, rica y
además de buen ver, porque tú vas a mí y has de ganar
con los años..., viuda y rica puedes comprar al Paquito
que más te guste.

—El cual, a su vez, me hereda los cuartos y se busca
luego, Don Emeterio ya él, una Clotilde...

—Y así sigue, y ésa es la cadena, hija mía.

—Pues yo, mamá, no me ato con ella.

—¿Es decir, que te emperras, o mejor te engatas
con tu michino? ¿Y "contigo pan y cebolla"? Piénsalo
bien, hija, piénsalo.

—Lo tengo pensado y repensado. ¡Con Don Emeterio, no! Ya sabré ganarme la vida, si es preciso; nada
de su caja.

—Mira, hija, que él está entusiasmado, chocho, cho-
chito el pobre hombre, que es capaz de hacer por ti
toda clase de locuras; mira que...

—Lo dicho, dicho, mamá.

—Bueno, y ahora, ¿qué le digo yo cuando vuelva?
¿Qué hago con él?

—Pues volver a encandilarlo.

—¡Pero, hija...!

—Usted me entiende, madre.

—Demasiado, hija.

Y volvió, ¡claro está!, Don Emeterio a casa de Rosita.

—Mire, Don Emeterio, mi hija no quiere oír hablar
de usted...

—¿Ni hablar?

—Vamos, sí, que no quiere que se le miente lo del
casorio...

—No, no, nada de querer forzarla, Rosita, nada de
eso... Pero yo... me parece rejuvenecer... me parezco
otro... soy capaz de...

—¿De dotarla?

—Soy capaz de... me sería tan grato, a mi edad...
siempre tan solo... tener un hogar... criar una familia...
la soltería ya me pesa... me persiguen la jubilación y la
vacante...

—La verdad, Emeterio —y a la vez que le su-
primió, ¡por primera vez!, el Don, se le arrimó más—,
me extrañaba eso de que usted se dedicase a ahorrar
así una fortuna, no teniendo familia... no lo com-
prendía...

—Eso dice también Don Hilarión.

—Pero, dígame, Emeterio —y con astuta táctica
se le fué arrimando más—, dígame, ¿se le han curado aquellas aprensiones de salud de nuestros buenos
tiempos?

Emeterio no sabía ya si soñaba o estaba despierto;
se creía transportado, a redrotiempo, a aquellos tiempos soñados de hacía veintitantos años; todo lo pos-
terior se había desvanecido de su memoria, y hasta la aparición de Clotilde se le desvanecía. Sentía
mareo.

—¿Se le han curado aquellas aprensiones de salud,
Emeterio?

—Ahora, Rosita, ahora me siento capaz de todo.
¡Y no temo ni... a la vacante! ¿Por qué dejé, Dios mío,
escapar aquella ocasión?

—¿Pero no estoy yo aquí, Emeterio?

—¿Tú, tú, Rosita? ¿Tú?

—Sí, yo... yo...

—Pero...

—Vamos, Emeterio, ¿qué te parezco?

Y fué y se le sentó en las rodillas. Y Emeterio empezó a temblar de júbilo, no de jubilación. Y le echó
los brazos por el talle matronal.

—¡Lo que pesas, chiquilla!

—Sí, hay donde agarrar, Emeterio.

—¡Una jamona con chorreras!

—Si cuando nos conocimos hubiera yo sabido lo que
sé ahora...

—¡Si lo hubiera sabido yo, Rosita, si lo hubiera sabido yo...!

—¡Ay Emeterio, Emeterio —y le acariciaba pasándole la palma de la mano por la nariz—, qué tontos éramos entonces...!

—Tú, no tanto, el tonto... yo.

—Cuando mi madre me azuzaba a que te encandilase, y tú tan...

—¡Tan rana!

—Pero ahora...

—¿Ahora qué?

—¿No quieres que reparemos lo pasado?

—¡Pero esto es toda una declaración en regla!

—¡Cabal! Pero no como la del Tenorio, aquel panoli, porque ni es en verso, ni ésta es apartada orilla, ni aquí brilla la luna, ni...

—¿Pero y tu hija, Rosita? ¿Y Clotilde?

—Esto va a ser a su salud...

—¡Y a la tuya, Rosita!

—¡Y a la tuya, Emeterio!

—¡Claro que a la mía!

Y así fué.

Y luego ella, la taimada, le decía, tácticamente:

—Mira, rico, te juro que cuando estaba haciendo a Clotilde, en lo que más pensaba era en ti, en ti... Tuve tales antojos de embarazada...

—Y yo te juro que cuando vine acá, tras de Clotilde, venía, aun sin saberlo, tras de ti, Rosita, tras de ti... Era la querencia..... o, como creo que decía Martínez, el subcociente...

—¿Y eso con qué se come?, porque nunca le oí hablar de tal cosa...

—No, no es cosa de comer... Aunque para comer y comer bien, tenemos más que bastante con mi fortuna...

—Sí, ¿para comer... los cuatro?

—¿Qué cuatro, Rosita?

—Pues, tú... yo... Clotilde...

—Son tres.

—¡Y... Paquito!

—¿Paquito también? ¡Sea! ¡A la memoria de Martínez!

Y fué tal la alegría de Rosita, señora ya de incierta edad, que se echó a llorar —¿histerismo?—, y Eme-

terio se abalanzó, con besos en los ojos, a chuparle las
lágrimas y relamerse con su dulce amargura. Que no
eran, no, lágrimas de cocodrilo.

Y quedó acordado, y sellado entre besos y abrazos,
que se casarían los cuatro: Rosita con Emeterio, Clotilde con Paquito, y que vivirían juntos, en doble familia, y que Emeterio dotaría a Clotilde.

—No esperaba menos de ti, Emeterio, y ya verás
ahora los años que has de vivir...

—Sí, y con júbilo, aunque jubilado. Y no espero de-
jarte vacante.

Y se casaron el mismo día la madre con Emeterio
y la hija con Paquito. Y se fueron a vivir juntos los
dos matrimonios. Y se jubiló Emeterio. Y fué una
doble luna de miel, la una menguante y la otra cre-
ciente.

—La nuestra, Rosita —decía Emeterio, en un ataque de melancolía retrospectiva—, no es de miel, sino
de cera...

—Bueno, cállate ahora y no pienses tonterías.

—¡Si no hubiese sido tan tonto hace... los años que
haga...!

—No seas grosero, Emeterio, y menos ahora.

—Ahora que eres una señora de cierta edad...

—¿Te parezco...?

—Mejor que de moza, ¡créemelo!

—¿Pues entonces?

—¡Ay Rosita, Rosita de Sarón, estás como nueva!

—Y dime, Emeterio, ¿se te ha pasado aquello de
las charadas...? Porque me daba pena verte con
aquello de: "mi primera... mi segunda... mi ter-
cera...

—¡Cállate, mi todo!

Y mientras la apretaba a su seno, se iba diciendo
con los ojos cerrados: Rota... tata... rorro... tarro...
sita... sí...

Y luego:

—Pero dime, tu primer marido, Martínez, el padre
de Clotilde...

—¿Ahora con celos retrospectivos?

—¡Es el subcociente!

—Pues él te estaba muy agradecido, y hasta te admiraba.

—¿Admirarme a mí?

—A ti, sí, a ti. Bien es verdad que yo le hice saber todo lo correcto que fuiste conmigo, y cómo te portaste como todo un caballero...

—¡El caballero fué él, Martínez!

—Y mira, ¿ves este medallón? Aquí llevaba un retrato de Martínez; pero por debajo, tapado por el de él, el tuyo... y ahora, ¿ves?

—Y ahora, debajo del mío estará el del otro, ¿no?

—¿Cuál? ¿El del muerto? ¡Quia! ¡No soy tan romántica!

—Pues yo tengo que enseñarte el calendario que tenía en mi cuarto cuando decidí aquella escapatoria. No arranqué la hoja de aquel día, y así lo guardo.

—¿Y ahora piensas ir arrancando sus hojas?

—¿Para qué? ¿Para descifrar las charadas del resto de aquel año fatídico? No, mi todo, no.

—¡Ay rico mío!

—Rico, ¿eh? ¿Rico? Yo soy un pobre hombre, pero no un pobre hombre... pobre.

—¿Y quién dice eso?

—Me lo digo yo.

Apenas pasada la luna de miel, encontróse un día Emeterio con Celedonio.

—Te encuentro, Emeterio, rejuvenecido. Se ve que te prueba a la salud el matrimonio.

—¡Y tanto, Celedonio, tanto! Esa Rosita es un remedio..., ¡parece imposible! ¡Claro, tantos años viuda!

—Todo es cuestión de economía, Emeterio; claro que no de política, sino de máximos y mínimos. Hay que saber ahorrarse. Cuidado, pues, con que con tu Rosita te derroches y te las líes... Además, esa convivencia con el matrimonio joven... esa Clotilde... ese Paquito...

—¿Quién? ¿Mi yernastro? Es un pobre chico que se ha casado por libertinaje.

—¿Por libertinaje?

—Sí, figúrate que entre sus librejos le encontré uno titulado: *Manual del perfecto amante.* ¡Manual! ¡Figúrate, manual!

—Sí, estaría mejor prontuario, o epítome, o catecismo...

—¡O cartilla! Pero ¡manual! Te digo que es un tití, un mico...

—Sí, un cuadrumano, quieres decir. Pues ésos son los peligrosos. Recuerdo una vez que iba yo de viaje con una parejita de recién casados que no hacían sino aprovechar los túneles, y como se propasaran en eso de arrullarse y arrumacarse a mis narices, les llamé discretamente la atención, ¿y sabes con qué me salió la mocosa? Pues con un "¿Qué? ¿Le damos dentera, abuelito?"

—¿Yo? Yo le dije: "¿Dentera? ¿Dentera a mí? Hace años ya, mocita, que gasto dentadura postiza, y de noche la pongo a remojo en un vaso de agua aséptica." Y se calló. Conque... ¡cuida de tu salud!

—Quienes me la cuidan son ellos, los tres. Mira, hace poco tuve que guardar cama con un fuerte catarro, ¡y si vieras con qué mimo me traía los ponches calientes Clotildita! ¡Es un encanto! Y luego ¿sabes? Clotildita tiene una habilidad que parece ha heredado de Doña Tomasa, su abuela materna, mi patrona que fué, y es que silba que ni un canario. Doña Tomasa también silbaba, sobre todo cuando se ponía a freír huevos, pero su nieta no la llegó a conocer —se murió antes de nacer ésta—, y como Rosita no ha sabido jamás silbar, que yo sepa, ¿de dónde adquirió Clotildita esa habilidad con que silba las últimas cancioncillas de las zarzuelas? ¡Misterios de la naturaleza femenina!

—Eso, Emeterio, debe de tener que ver con la serpiente de la caída o mejor tirada del Paraíso...

—Y lo curioso, Celedonio, es que fuera de eso usa siempre palabras de simple sentido, y no tiene recámara alguna...

—Que te crees tú eso, Emeterio...

—Sí; es, aparte lo físico, completamente Martínez.

—Sí, su metafísica es paternal, martineziana. Pero, ¿y no hay entre las dos parejas competencia?

—¡Quia! Y los sábados vamos los cuatro al teatro y nada de drama. A Rosita y a Clotilde les gusta lo de reír: comedias, astracanadas, y a nosotros, a mí y a Paquito, nos gusta que se rían. Y no les asusta, ¡claro!, que el chiste sea picante, y como yo no veo mal en ello...

—Al contrario, Emeterio —y al decirlo se puso Celedonio más serio que un catedrático de estética—. Al contrario; la risa lo purifica todo. No hay chiste inmoral, porque si es inmoral no es chistoso; sólo es inmoral el vicio triste, y la virtud triste también. La risa está indicada para los estreñidos, los misantrópicos; es mejor que el agua de Carabaña. Es la virtud purgativa del arte, la catarsis, que dijo Aristóteles, o Aristófanes, o quien lo dijera. ¿Y he dicho algo, Emeterio?

—Sí, Celedonio, sí; hay que cultivar el sentimiento cómico de la vida, diga lo que quiera ese Unamuno.

—Sí, Emeterio, y hay que cultivar hasta la pornografía metafísica, que no es, ¡claro!, la metafísica pornográfica...

—Pero ¡si toda metafísica es pornográfica, Celedonio!

—Yo, por mi parte, Emeterio, he empezado ya a escribir una disertación apologético-exegético-místicometafísica sobre el rejo de Rahab, la golfa que figura en el abolengo de San José bendito. Y te hago gracia de las citas bíblicas, con eso de capítulo y versillo, porque yo no soy, gracias a Dios, Unamuno.

—Pues mira, Celedonio, esto que me dices de estar escribiendo esa disertación me recuerda que hablando con Rosita de Martínez me ha dicho que se puso éste a escribir una novela en que, cambiados los nombres, salíamos ella, Rosita, y yo y la casa de huéspedes de Doña Tomasa, pero que ella, Rosita, no se la dejó publicar. "Que la escribiera, bien —me decía—, si así le divertía, pero ¿publicarla?" "¿Y por qué no —le digo yo—, si así se han de divertir otros leyéndola?" ¿No te parece?

—Tienes razón en eso, Emeterio, mucha razón. Y, sobre todo, cultivemos, como decías muy. bien antes, el sentimiento cómico de la vida, sin pensar en vacantes.

Porque ya sabes aquel viejo y acreditado aforismo metafísico: ¡de este mundo sacarás lo que metas, y no más!

Y se separaron corroborados en su amor a la vida que pasa y mejores, más optimistas que antes. Si es que sabemos qué sea eso de optimismo. Y qué sea lo de júbilo y tristeza, y lo de metafísica y lo de pornografía. ¡Camelos de críticos!

Un día Rosita se le acercó con cierta misteriosa sonrisa a Emeterio, y abrazándolo le dijo al oído:

—¿Sabes, rico, una noticia? ¿Un acertijo?

—¿Qué?

—Adivina, adivinaja, ¿quién puso el huevo en la paja?

—¿Y quién puso la paja en el huevo, Rosita?

—Bueno, no te me vengas con mandangas, y contesta. ¿Sabes el acertijo? ¿Lo sabes? Sí, o no, como Cristo nos enseña...

—No, ¡sopitas!, ¡sopitas!

—Pues que vamos a tener un nietito...

—¿Nietito? ¡Tuyo! ¡Mío será nietastrito!

—Bueno, no seas roñoso.

—No, no, a mí me gusta propiedad en la lengua. El hijo de la hijastra, nietastrito.

—Y el hijastro de la hija, ¿cómo?

—Tienes razón, Rosita... Y luego dirán que es rica esta pobre lengua nuestra castellana..., rica lengua..., rica lengua... ¡Sí, las mollejas!

—¡Qué cosas se te han ocurrido siempre, Emeterio!...

—Y a ti, ¡qué cosas te han ocurrido!

Y Emeterio se quedó pensando, al ver a Paquito: "¿Y éste, el hijo político de mi mujer, qué es mío? ¿Hijastro político? ¿O hijo policastro? ¿O hijastro policastro? ¡Qué lío!"

Y vino al mundo el nietastrito, y Emeterio se volvió aún más chocho.

—No sabes el cariño que le voy tomando —le decía a Celedonio—. Él me heredará, él será mi heredero universal y único, el de mi dinero, se entiende, y, en cambio, me moriré con la satisfacción de no haberle trasmitido ninguna tara física y de que así no heredará nada de esta simplicidad que ha sido mi vida. Y cuidaré de que no se aficione a descifrar charadas.

—Y Clotilde, ¡claro!, con eso de ser madre, habrá mejorado.

—Está espléndida, Celedonio, te digo que espléndida, y más llamativa que nunca. ¡Pero para mí sigue siendo un mírame, y no me toques!

—Y te consuelas con un tócame y no me mires.

—No tanto, Celedonio, no tanto.

—¡Bah! Lo seguro es atenerse a lo de Santo Tomás Apóstol, y vuelvo a hacerte gracia de la cita: "¡Tocar y creer!"

—Con Clotilde, Celedonio, me basta con ver. Y ver que es una joya, como dice su madre; es su madre mejorada.

—Vamos, sí, mejor montada. Pero entonces consuélate, porque si llegas a casarte a tiempo con Rosita, Clotilde no habría salido como salió.

—Sí, a menudo me pongo a pensar cómo habría sido Clotilde si hubiese sido yo su padre verdadero...

—¡Bah!, acaso pasó a ella lo mejor tuyo, la idea que de ti tenía Rosita...

—Eso me lo dice ésta, y más ahora, que estoy reducido a idea... ¡Pero el nietastrito no es idea!

—Y el nietastrito se debe a ti, a tu generosidad, porque tú eres el que casaste a Paquito y Clotilde. ¿Te acuerdas cuando hablábamos de tu vocación para el oficio necesarísimo en la república bien organizada?...

—¡Que si me acuerdo...!

—Y tú, siguiendo por tu vocación celestinesca a la parejita de Clotilde y Paquito, hiciste de celestino de ti mismo. ¡Admirables son los caminos de la Providencia!

—Sí, y cuando empezaba a cansarme del camino de la vida.

—Tú le serviste a Rosita para que pescara a Martínez, el predestinado, quien sin ti no habría picado,

y Martínez le ha servido a ella misma, haciéndole a
Clotilde, para que te haya pescado ahora a ti...

—¿Y si Martínez no se muere?

—Me da el corazón que habría acabado ella pescán-
dote lo mismo.

—Pero entonces...

—Sí, es más decentemente moral que se la pegue al
muerto... Y así ha resuelto el problema de su vida.

—¿Cuál?

—¡Otra! ¡El de pegársela a alguien! Y tú el de la
tuya.

—¿Y cuál es el problema de mi vida, Celedonio?

—El aburrimiento de la soledad ahorrativa, por no
querer hacer el primo, por temor a que se la peguen
a uno.

—Es verdad..., es verdad...

—Y es que el solitario, el aburrido, da en hacer solitarios, ¿me entiendes?, y esto acaba por imbecilizar.
Y el remedio es hacer solitarios en compañía...

—¡Hombre, te diré!... Ahora, después de cenar nos
solemos poner Rosita y yo, junto al brasero, a jugar
al tute...

—¿No te lo decía, Emeterio, no te lo decía? ¿Lo ves?
Y te hace trampas, ¿no es eso? ¿Para fallarte las
cuarenta?

—Alguna vez...

—¿Y a ti te divierte que te las haga, y te ríes,
como si te hicieran cosquillas, de que te las fallen?
¿Y te dejas engañar? ¿Te dejas que te la pegue? Pues
ésa es toda la filosofía del sentimiento cómico de la
vida. De los chistes que se hacen en las comedias a
cuenta de los cornudos nadie se ríe más que los cornudos mismos cuando son filosóficos, heroicos. ¿Gozar
en sentirse ridículo? ¡Placer divino reírse de los reido-
res de uno!...

—Sí, ya se dice aquello de: "Que no me la pegue
mi mujer; si me la pega, que yo no lo sepa, y si lo sé,
que no me importe..."

—Eso, Emeterio, es mezquino y triste. Hay que ele-
varse más, y es: "Y si ella goza en pegármela, yo, por
amor a ella, darle ese gozo..."

—Pero...

—Y aún hay otro grado mayor de elevación, y es el de hacerse espectáculo para que el mundo se divierta...

—Pero yo, Celedonio...

—No, tú, Emeterio, no te has elevado a esas cumbres de excelsitud, aunque has cumplido como bueno. Y ahora sigue jugando al tute, pero sin arriesgar nada, desinteresadamente, que en el desinterés está el chiste... Y en el chiste está la vida...

—Bueno, basta, que esos conceptos me hurgan en el bulbo raquídeo.

—Pues ráscate el cogote, y así se te irá la caspa.

Y ahora, mis lectores, los que han leído antes mi *Amor y pedagogía* y mi *Niebla* y mis otras novelas y cuentos, recordando que todos los protagonistas de ellos, los que me han hecho, se murieron o se mataron —y un jesuíta ha llegado a decir que soy un inductor al suicidio—, se preguntarán cómo acabó Emeterio Alfonso. Pero estos hombres así, a lo Emeterio Alfonso —o Don Emeterio de Alfonso— no se matan ni se mueren, son inmortales, o más bien resucitan en cadena. Y confío, lectores, en que mi Emeterio Alfonso será inmortal.

Salamanca, diciembre 1930.

UNA HISTORIA DE AMOR

I

Hacía tiempo ya que a Ricardo empezaban a cansarle aquellos amoríos. Las largas paradas al pie de la reja pesábanle con el peso del deber, a desgana cumplido. No, no estaba de veras enamorado de Liduvina, y tal vez no lo había estado nunca. Aquello fué una ilusión huidera, un aturdimiento de mozo que al enamorarse en principio de la mujer se prenda de la que primero le pone ojos de luz en su camino. Y luego, esos amores contrariaban su sino, bien manifiesto en señales de los cielos. Las palabras que el Evangelio le dijo aquella mañana cuando, después de haberse comulgado, lo abrió al azar de Dios, eran harto claras y no podían marrar: "Id y predicad la buena nueva por todas las naciones." Tenía que ser predicador del Evangelio, y para ello debía ordenarse sacerdote, y mejor aún, entrar en claustro de religión. Había nacido para apóstol de la palabra del Señor y no para padre de familia; menos, para marido, y redondamente, nada para novio.

La reja de la casa de Liduvina se abría a un callejón flanqueado por las altas tapias de un convento de Ursulinas. Sobre las tapias asomaba su larga copa un robusto y cumplido ciprés, en que hacían coro los gorriones. A la caída de la tarde, el verde negror del árbol se destacaba sobre el incendio del poniente, y era entonces cuando las campanas de la Colegiata derramaban sobre la serenidad del atardecer las olas lentas de sus jaculatorias al infinito. Y aquella voz de los siglos hacía que Ricardo y Liduvina suspendieran un momento su coloquio; persignábase ella, se recogía y

palpitaban en silencio sus rojos labios frescos una oración, mientras él clavaba su mirada en tierra. Miraba
al suelo, pensando en la traición que a su destino venía
haciendo; la lengua de bronce le decía: "Ve y predica
mi buena nueva por los pueblos todos."

Eran los coloquios lánguidos y como forzados. La
reja de hierro que separaba a los novios era una verdadera cancela de prisión, pues prisioneros, más que
del amor y del sentimiento, de la constancia y del pundonor estaban. Ya los ojos de Ricardo no bebían ensueños, como antaño, en las pupilas de ébano de Liduvina.

—Si tienes que hacer, por mí no lo dejes —le había dicho ella alguna vez.

—¿Que hacer? Yo no tengo, nena, más quehacer que
el de mirarte —le respondía él.

Y callaban un segundo, sintiendo la vacuidad de sus
palabras.

Su tema de coloquio era la murmuración casi siempre; sobre todo, acerca de las demás parejas de novios de la ciudad. Y alguna vez, Liduvina exhalaba
embozadas quejas de la vida de su hogar, entre aquella pobre madre, casi paralítica y siempre silenciosa,
y aquella hermana, corroída de envidia, y sin hombre
alguno en la casa. De su padre no se acordaba, y muy
poco de un hermanito, con quien jugaba como si fuese
un muñeco, y que se le fué de entre las manos y los
besos como se va un ensueño de madrugada.

Retirábase Ricardo de la reja cada noche pensando
más aún que aquel amor había muerto no bien nacido,
pero volvía arrastrado por un poderoso imán. Llamá-
bale la apacible y triste melancolía que del ámbito todo
del callejón se exhalaba. El negro ciprés, las altas y
agrietadas tapias del convento, los incendios de la
puesta del sol, los conciertos de los gorriones, todo
ello parecía formado para concordar con los grandes
ojos negros de Liduvina y con las negras ondas de su
cabellera. ¡Cuántas veces no contempló Ricardo los arreboles de la tarde reflejados en los cabellos de su novia!
Y entonces tomaba ésta algo de los rojores aquéllos,
algo también del canto de las campanas, que parecía,
sonorizándola, espiritualizarla; y pensaba el pobre es

clavo del cortejo si no era Liduvina misma la buena nueva que se sentía llamado a predicar. Pero muy pronto veía en los rizos, donde morían los últimos rayos del sol, olas de un río negro, que lleva a quien a él se entrega a un mar de naufragio.

Tenía que acabar con aquello, sin duda; pero ¿cómo? ¿Cómo romper aquel hábito? ¿Cómo faltar a su palabra? ¿Cómo aparecer inconstante e ingrato? Adivinaba, sabía más bien, que ella estaba tan desengañada de aquel amor y tan cansada de él como él de ella; y hasta se lo habían dicho en silencio el uno al otro, con los ojos, en un desmayo de la conversación, y sobre todo al mirarse después de la breve tregua de la oración del Ángelus. Pasábanse, sí, las tardes velando un muerto sentimiento, prisioneros del honor y del bien parecer. No; ellos no podían ser como otros a quienes tantas veces censuraran. Pero para no ser como otros, no eran ellos mismos. ¿Cómo provocar una explicación, confesarse mutuamente, darse la mano de amigos y separarse, con pena, sí, pero con el goce de la liberación? A él le esperaba el claustro; a ella, tal vez, el alma de hombre predestinada a ser el rodrigón de su vida.

Cavilando en su caso, dió Ricardo en una solución, a la par que ingeniosa muy sentimental. Los amoríos se prolongaban; hacía ya cinco años que venían con ellos, y aunque tanto él como ella tuviesen más que lo suficiente para poder vivir sin trabajar, la madre de ella y el padre de él no querían acceder a darles el consentimiento para que se casasen hasta que él concluyese su carrera, que por estudiarla a desabrimiento iba alargándose. Fingiría, pues, él, Ricardo, impaciencia y, a la vez, un reflorecimiento del primer amor, y le propondría la fuga. Ella, naturalmente, no lo habría de aceptar, lo rechazaría indignada, y él, entonces, dueño de un pretexto para poder echarle en cara que no le quería con verdadera pasión, con dejación de prejuicios y de encojimientos, podría liberarse. ¿Y si lo aceptaba? No, no era posible que aceptase la fuga Liduvina. Pero si la aceptaba..., entonces... ¡mejor aún! Ese acto de desesperación, ese reto lanzado a la hipócrita conciencia de los esclavos todos del deber, haría

resucitar el amor, si es que alguna vez lo tuvieron; lo
haría nacer, si es que nunca habitó en medio de ellos
dos. Sí, acaso fuese lo mejor que aceptara; pero no, no
podía ser, no lo aceptaría.

Veladamente, con alusiones remotas y reticencias,
había ya insinuado Ricardo a Liduvina lo de la escapatoria. Y ella pareció no haberlo entendido, o se hizo
la desentendida, cuando menos. ¿Qué sentía de ello?
¿Aprovecharía aquel asidero para recobrar su libertad
de enamorarse de nuevo y de veras?

II

Se respiraba en el casón de Liduvina el aburrimiento de una oscura tristeza. Había en él rincones mohosos,
siempre en sombra, y de aquel modo parecía despren-
derse para henchir toda la casa un hálito de pesadumbre. Cuando el viejo reló de pesas sonaba arrastrada-
mente las horas, diríase que la casa entera, bajo el
peso de recuerdos de vacío, se quejaba. La madre de
Liduvina arrastraba dos veces al día a un sillón des-
vencijado su pobre cuerpo tembloroso y decadente, y
cruzaba de cuando en cuando por la penumbra de los
corredores el ceño contraído de su otra hija. Las hermanas se hablaban muy poco. Tampoco hablaba mucho
a su madre Liduvina, pero acariciábala con frecuencia
con caricias que eran un antiguo hábito. Aquella pobre
madre era como un pobre animal herido que vive en
la penumbrosa bruma de un sueño de dolencias.

No recordaba la pobre Liduvina haber vivido no más
que el huidero ensueño de aquel muñequín vivo, dos
rientes ojos azules en medio de una corona de cabellos
rubios. Entonces fué Ina, que es como su hermanito
la llamaba; después Liduvina, y a lo sumo Lidu, más
por ahorro de tiempo y esfuerzo —¡aun siendo ellos
tan chicos!— que por cariño. Su niñez se borraba detrás de una tétrica procesión de días todos iguales y
todos grises. No había más luz que la de sus amoríos
con Ricardo, y era luz de anochecer, moribunda, desde
que brilló a sus ojos. Creyó en un principio, al declarár-

sele Ricardo y aceptarlo ella por cortejo, que aquella tibieza de cariño era fuego incipiente, que aquella penumbra de afecto era luz de amanecer, de alba guiadora del sol; pero pronto vió que no había sino un rescoldo que se apagaba, un crepúsculo de tarde, portero de la noche. Sí; bien adivinaba y sentía ella que los amores duraderos y fuertes han de brotar como en el campo el amanecer, poco a poco, pero la vida de aquel su amor fué desde su nacimiento una agonía. Comparaba su amor al hermanito de los ojos azules y el cabello rubio.

¿Cómo lo aceptó? ¡Oh, vivía tan triste, tan sola! Empezó encontrando a Ricardo en la misa temprana del convento de las Ursulinas. Todas las mañanas se cruzaban sus miradas al salir a la calle. Alguna vez fué él quien le ofreció agua bendita, y un día fué a llevarle el rosario, que se había dejado olvidado en su reclinatorio. Y, por fin, una mañana, al salir de la misa y después de haberle ofrecido como otras veces el agua bendita de la persignación, le entregó una carta. Su mano temblaba al entregársela y sus mejillas se pusieron de grana.

Al día siguiente, no fué Liduvina a la misa de costumbre; tenía que pensar la contestación a la carta. ¡Un novio! Le había salido un novio, como decían sus pocas y raras compañeras. ¡Y qué novio! ¿Le gustaba? Era, sin duda, devoto, acaso para novio en demasía; no mal parecido, de buena familia, de excelente conducta. Tendría, además, en qué entretenerse y un modo de matar la interminabilidad de sus días. Así no vería tanto el ceño de su hermana, así no tendría que sufrir el silencio de pobre animal herido de su madre. ¿Y el amor? ¡Ah! El amor vendría, el amor llega siempre cuando se le quiere, cuando se ama al Amor y se le necesita. Pero pasaron días, semanas y aun meses, y no sentía las pisadas del amor sobre su pecho. ¿Cómo, pues, seguía con su novio? Por la esperanza, y esperando con una desesperanza resignada y dulce, que un día, por milagro y piedad del Dios de los tristes, naciese entre ellos el amor. Pero el amor no venía. ¿O es que le tenían en medio sin saberlo?

"¿Nos queremos? ¿No nos queremos? ¿Qué es quererse?" Tales eran las cavilaciones de Liduvina junto al silencio de su madre y al ceño de su hermana. Y seguía esperando.

Pronto comprendió y sintió la triste que Ricardo estaba ya aburrido de ella, que era el hábito, que eran las tapias del convento, el ciprés, los gorriones, las puestas de sol y no ella lo que a su lado le llevaba. Pero lo mismo que su novio sintió ella en sí más fuerte que el desengaño el pundonor y el orgullo de la constancia. No, no sería ella la primera en romper, aunque tuviese que morir de pena; que rompiese él. La fidelidad, la lealtad más bien, era su religión. No habría de ser la primera mujer que se sacrificase al sentimiento de la constancia. ¿No se había casado acaso su amiga Rosario con el primero a quien aceptó, no más que por no confundirse con las que cambian de novio como de sombrero? Los inconstantes, los infieles son los hombres; los hombres son los que no tienen el pundonor de la palabra de cariño, aun cuando éste muera. Liduvina, en lo hondo de su corazón, despreciaba al hombre. Despreciaba al hombre esperándolo, esperando, al hombre celestial de sus ensueños, al varón fuerte cuya fortaleza es todo dulzura, al que le arrastrase como arrastra el agua poderosa del océano abrazando por entero.

Entendió muy bien a Ricardo cuando éste, entre enrevesados ambajes, le insinuó la ocurrencia de la escapatoria; pero aunque le entendiera, hízose la desentendida. Y más que le entendió, pues comprendió su intención celada. Leyó en el alma de su novio. Y se dijo: "Que tenga valor, que deje de ser hombre, que me proponga clara y redondamente la fuga, y la aceptaré; la aceptaré y será cojido en el lazo en que pretenderme, y entonces veremos quién es aquí el valiente. Se revolverá al verse preso en la cadena con que quiere apresarme para huir de mí, e inventará mil excusas. Y entonces seré, yo, la pobre muchacha, la nena del casón, yo, la infeliz Liduvina, seré yo quien le dé lecciones de intrepidez de enamorados. ¡Y no lo aceptará, no! ¡El cobarde...! ¡El embustero...! Pero ¿y si lo acepta? ¿Si lo acepta...?" Al llegar a este punto de sus cavilaciones Liduvina se estremecía, como solía estremecerse al tener que cru-

zar aquella vieja sala donde florecía en lo oscuro el
moho de la casona materna.

"Si lo acepta —seguía pensando Liduvina—, empezará mi vida, se romperá esta niebla de sombras húme-
das, no oiré ya al viejo reló de pesas, no oiré callar a
mi madre, no veré el ceño de mi hermana. Si lo acepta,
si nos fugamos, si toda esa gente estúpida descubre
de una vez quién es Liduvina, la chica del callejón de
las Ursulinas, entonces resucitará ese amor que bajó
moribundo a nosotros. Si lo acepta, llegaremos a querernos al unirnos un mismo atrevimiento; no, no, entonces veremos claro cómo hoy mismo nos queremos.
Porque sí, sí, a pesar de todo, le quiero. Es ya una
costumbre en mi vida, es una parte de esta mi existencia. Gracias a sus visitas vivo."

Y he aquí cómo él y ella coincidieron. Como que era
el Amor, un mismo amor, el que les inspiraba.

III

Y fué como pensaron. Una tarde, al ir a ponerse el
sol. Ricardo cobró coraje y, recostándose en la reja,
después de haber soltado de ella las manos, dejó caer
estas palabras:

—Mira, nena, esto va muy largo, y yo no sé cuándo
voy a acabar la carrera, que cada vez más me apesta más.
Mi padre no quiere oír hablar de que esto se acabe
como debe acabarse mientras yo no sea licenciado, y,
francamente —hubo un silencio—, esta situación es
insostenible, así se nos gasta la ilusión...

—A ti —dijo ella.

—No, a los dos, Lidu, a los dos. Y yo no veo más
que un medio...

—El que rompamos...

—¡Eso, nunca, nena, nunca! ¿Cómo se te ha podido
ocurrir tal cosa? Es que tú...

—No, yo, no, Ricardo; era que leía tu pensamiento...

—Pues leíste mal, muy mal... Ahora, si es que tú...

—¿Yo, Ricardo, yo? ¡Yo, contigo, a donde quieras y
hasta donde quieras!

—¿Sabes lo que dices, nena?

—¡Sí, sé lo que me digo, porque lo he pensado muy bien antes de decirlo!

—¿De veras, sí?

—¡Sí, de veras!

—¿Y si te propusiese...?

—¡Lo que me propongas!

—¡Qué resuelta, Liduvina!

—Es que tú no me conoces, a pesar de las horas que pasamos juntos...

—Puede ser...

—No, no me conoces. Di, pues, eso a que quieres darle tanta importancia. ¿Qué es ello? ¿Qué vas a proponerme con tanta preparación?

—¡Fugarnos!

—¡Pues me fugaría!

—¡Mira lo que dices, Liduvina!

—¡No, quien tiene que mirarlo eres tú!

—¡Escaparnos, Liduvina, escaparnos!

—Sí, Ricardo, te entiendo; salir cada uno de nosotros de nuestra propia casa e irnos por ahí, no sé a dónde, los dos solos..., a... a dar cuerda al amor.

—¿Y tú?

—Yo, Ricardo, cuando tú lo digas.

Se siguió un silencio. Acostábase el sol entre sábanas de grana; el ciprés, más ennegrecido aún, parecía una advertencia; las campanas de la Colegiata dejaron caer el Ángelus. Liduvina se persignó como todos los días a aquella hora y palpitaron sus labios. Tenía cogidas sendas rejas entre sus manos, y las apretaba mientras su seno palpitaba contra los hierros. Ricardo miró al suelo y susurró en su interior: "Ve y predica la buena nueva a los pueblos todos."

Fué penoso el reanudar del coloquio. Ricardo parecía haber olvidado lo último que dijera, y ella no se lo recordaba tampoco. Algo fatal pesaba sobre ellos. La despedida fué triste.

Y pasaron días, sin que él volviese a mentar lo de la fuga, hasta que llegó uno en que ella, después de un silencio, le dijo:

—Y bien, Ricardo, ¿de aquello, qué?

—¿De qué, Liduvina?

—De aquello. ¿Qué, no te acuerdas ya?

—Como no hables más claro...

—Eres tú, Ricardo, tú, el que tiene que **pensar y** recordar más claro...

—No te entiendo, nena.

—Y bien que me entiendes...

—Vamos, ¿qué? ¡Acaba!

—Sea. ¡Lo de la fuga!

—¡Ah! Pero ¿lo tomaste en serio?

—¿Entonces es que tú, Ricardo, tú tomas en broma nuestro amor?

—El amor es una cosa...

—Sí, y la cobardía, el miedo al qué dirán, otra. ¡Al fin, hombre!

—¡Ah, si es por eso!...

—¿Qué?

—¡Cuando quieras!

—¿Yo? ¡Ahora mismo! Así como así me pesa ya esta casa.

—¡Ah! ¿Es por eso?

—No, es por ti; por ti, Ricardo.

Y luego recapacitando, añadió:

—Y por mí... ¡Y por nuestro amor! No **podemos** seguir de esta manera.

Cambiaron una mirada de profunda comprensión mutua. Y desde aquel día empezaron a concertar la fuga.

Y este concierto, esta trama para una aventura romántica y con su prestigio de pecaminosa, les animaba las tardes y parecía dar aliento y alas a su amor. Permitíales, además, despreciar a las otras parejas de novios, pobres doctrinos de la rutina amorosa, que no habían caído en la cuenta de la misteriosa virtud reparadora de una fuga, de un rapto de común acuerdo.

Ricardo sentíase vencido y aun humillado. Aquella mujer había sido más fuerte que él. Le cobró admiración, tal vez a costa del cariño. Así, por lo menos, creía él.

Por fin, una mañana, Liduvina pretextó tener que salir a ver a una amiga, y acompañada de la doncella salió llevando un pequeño hato de ropa en la mano. A los no muchos pasos de haber salido, encontraron un coche parado, que dejaron atrás. Pero de pronto, Liduvina, volviéndose a la criada, le dijo: "Espera un

poco; me olvidé una cosa, vengo en seguida." Volvióse,
entró en el coche y éste partió. Cuando la doncella,
harta de esperar, se volvió a casa por su señorita, se
encontró con que no había vuelto.

El coche fué a toda marcha, a la estación de un
pueblecillo próximo. En el trayecto, Ricardo y Liduvina, cojidos de las manos, callaban, mirando al campo.

Montaron en el tren, y éste partió.

IV

La línea seguía las riberas del río, que preso en una
hoz iba a rendir al mar sus casi siempre amarillas
aguas. A un lado y otro, se alzaban en arribes tierras
de viñedos, o almendros, olivos, pinos y, a trechos, naranjos y limoneros. Los salientes de los escarpes formaban a la vista según los rodeos del río, ensambles
en cola de milano. A espacios, en las presas que se le
habían hecho al río, pequeños y miserables molinos de
la más antigua calaña; una tosca piedra molar cubierta
por una choza de ramaje. Bajaban el río, a la vela,
grandes barcas cargadas de toneles, o le remontaban,
impelidas por largos bicheros que manejaba un hombre desde una especie de púlpito.

Ricardo y Liduvina, acurrucados en una esquina del
vagón, miraban vagamente a las quintas sembradas
por los arribes del río, entre la verdura, y oían una
conversación en lengua extranjera de que apenas si
cazaban el sentido de alguna que otra palabra. En una
estación, al ver que se vendían naranjas, antojáronsele
a ella. Necesitaba refrescar los resecos labios, distraer
manos y boca en algo. Mondóle Ricardo una de las
naranjas y se la dió mondada; Liduvina la partió por
la mitad y alargó una de ellas a Ricardo. Después,
mordió medio gajo, miró a los compañeros de coche
y, al verles distraídos, dió a su novio el otro medio.

En otra estación comieron; una comida triste. Liduvina, que de ordinario no bebía sino agua, tomó un
vaso de vino. Y repitió el café. Ricardo fingía una serenidad que le faltaba. ¡Oh, si hubieran podido volverse,
deshacer lo hecho! Pero no; el tren, imagen del desti-

no, les llevaba a él encarrilados. En cualquier lado que
se quedasen, tenían que esperar al otro día para la
vuelta.

—¡Gracias a Dios! —exclamó ella cuando hubieron
llegado a la estación de su destino.

Llegaron al hotel, pidieron cuarto y encerráronse
entre sus tristes paredes.

A la mañana siguiente, se levantaron mucho más
temprano que habían pensado la víspera. Parecía abru-
marles una enorme pesadumbre fatal; en sus ojos flo-
taba la sombra del supremo desencanto. Los besos eran
inútiles llamadas. Creían haber sacrificado el amor a
un sentimiento menos puro. Ricardo rumiaba el "Id
y predicad la buena nueva"; por la mente de Liduvina
cruzaban el silencio de su madre, el ceño de su hermana y, sobre todo, el ciprés del convento. Echaba de
menos la tristeza penumbrosa que hasta entonces la
había envuelto. ¿Era equello, era aquello el amor?

Era un sentimiento de estupor el que les embargaba.
Cuando creían que con aquella resolución romántica-
mente heroica habíanse de encontrar en una cima so-
leada, toda luz y aire, libres, encontrábanse al pie de
una fragosa y escarpada cuesta. Aquello no era ni aun
la cumbre de un calvario, era el arranque de una vía
de la amargura. Ahora, ahora era cuando, en vez de
acabar, empezaba el sendero, sembrado de abrojos y
zarzales, de su pasión. Aquella noche era la coronación
de las otras noches plácidas y melancólicas de la reja,
era el comienzo de una vida. Y así les pesaba, como
pesa el comienzo de la ascensión a una montaña cuya
cresta se pierde entre las nubes.

Sentíanse, además, avergonzados sin saber de qué.
El desayuno fué de inquietud. Ella apenas quiso probar
nada. Le mandó a él que saliese del cuarto para ves-
tirse sin que la viera. Y se lavó, jabonó y fregoteó la
cara con verdadero frenesí, casi hasta hacerse sangre.

—¿Qué, acabaste? —preguntó él desde afuera.

—No; espera aún un poco.

Se arrodilló junto a la cama y rezó un instante como
nunca había rezado, pero sin palabras. Se entregó en
brazos de la Providencia. Después abrió la puerta a su
novio. ¿Novio? ¿Cómo le llamaría en adelante?

Salieron de bracete, sin rumbo, a callejear.

El corazón de ella palpitaba contra el brazo derecho de él, que se atusaba nerviosamente las guías del bigote. Miraban a todos con recelo, por si topaban con alguna cara conocida. Caminaban de sobresalto en sobresalto; pero todo menos volver todavía al hotel. ¡No, no! Aquel cuarto frío, de muebles desconchados, de estuco lleno de grietas, aquel cuarto donde cada noche dormía un desconocido diferente, les repelía. Su único consuelo era verse envueltos en los ecos mimosos de una lengua casi extranjera. Alguna mujer del pueblo, de aire agitanado, de andares lánguidos, que se les cruzaba en el camino arrastrando sus chancletas o descalza, les miraba con una cierta curiosidad soñolienta. Otras veces era un carro con unos bueyecitos rubios bajo un gran yugo de alcornoque, lleno de talla, que recordaba los de la portada de la Colegiata de su ciudad.

Sentían ganas de un supremo desahogo del sentimiento; pero en ciudad ajena, ¿dónde desahogar el corazón? ¿Qué hay en ella que nos pueda ser hogar? Al pasar junto a una iglesia sintió Ricardo en su brazo que el seno palpitante de Liduvina le empujaba. Entraron.

Tomó ella agua bendita con las yemas del índice y el corazón de su mano derecha, y se la dió a él, mirándole con turbios ojos a los ojos turbios. Quedáronse cerca de la puerta; él sentado en un banco, contra la pared, en lo oscuro, y ella se arrodilló delante de él, apoyó los codos en el banco de delante y acostó la cara en las palmas de las manos. En el templo no había sino una pobre mujer, casi anciana, con un pañuelo echado sobre la cabeza, que recorría de rodillas el vía crucis. Adelantando alternativamente las rodillas bajo un vientre enorme, que le temblaba, iba, con su rosario en la mano, dando la vuelta al templo, de altar en altar. En el mayor se alzaban en gradería de pirámides las luces del Santísimo. El silencio casaba con la sombra.

De pronto, sintió Ricardo los sollozos contenidos de Liduvina; la oyó llorar. Y a él se le rompió también

la represa del llanto. Arrodillóse junto a su novia, y así,
tocándose, lloraron en común la muerte de la ilusión.

Cuando salieron a la calle, parecía todo más sereno,
a la vez que más triste.

—Lo que hemos hecho, Liduvina... —se atrevió a
empezar él.

Y ella continuó:

—Sí, Ricardo, nos hemos equivocado...

—Es que esto no tiene ya remedio...

—¡Al contrario, hombre! Ahora es cuando le tiene,
ahora todo está claro.

—Tienes razón.

—Lo malo es que...

—¿Qué, nena mía?

—Que al pueblo no podemos volver. ¿Con qué cara
me presento yo a mi madre y a mi hermana? ¿Y cómo
vamos a salir allí a la calle?

—Pues tú fuiste, tú, Liduvina, la que más querías
afrontar el qué dirán de las gentes...

—El qué dirán, sí; pero no es lo peor lo que digan;
eso me importa poco...

—¿Pues qué?

—¡El que se reirán, Ricardo!

—¡Es verdad!

Una vez en el hotel, mezclaron sus lágrimas. Fingió
él tener que salir a una diligencia, a cambiar dinero;
mas fué para darle a ella ocasión y tiempo, tomándo-
selos él por su parte, de escribir a sus casas.

Y al otro día emprendían el regreso. Ella se quedaría en un pueblecito donde moraba una tía, hermana
de su padre, pues por nada del mundo afrontaría de
nuevo el silencio de su madre y el ceño de su hermana;
él bajaríase en la estación próxima a la ciudad, para
entrar, de noche ya y por caminos excusados, en casa
de su padre.

Tristísimo fué el regreso. Los mismos viñedos, los
mismos pinares, olivares, naranjales, los mismos molinos y las barcas mismas. Al llegar a la frontera, parecía como si las montañas de la patria les abriesen
maternalmente los brazos para recibirlos. Eran los
hijos pródigos; pero pródigos... ¿de qué? Escondíanse
en el coche por si entraba algún conocido, y les reco-

nocía. El sentimiento de la vergüenza y, lo que es aún
peor, el del ridículo, les embarazaba. Porque aquello
había sido ridículo, completamente ridículo; una chiquillada que no se perdonaban.

Al llegar a la estación del pueblecillo en que moraba la tía de Liduvina, vióla ésta que le esperaba. Estre-
chó convulsivamente la mano de Ricardo.

—Te escribiré, querido —le dijo, y salió.

Él se acurrucó más aún en su asiento para no ser
visto.

—¡Vamos, mujer, vamos; parece mentira! —le dijo
a Liduvina su tía, y la encerró cuanto antes pudo en
un coche, que partió al instante.

Y una vez solas en el coche las dos, se limitó a decirle su tía:

—¡Francamente, no te creía tan chiquilla! Si hubiera vivido tu padre, mi hermano, de seguro que no
habría ocurrido esto. Pero allí... con aquéllas... ¡Vaya,
chiquilla, vaya!

Liduvina callaba, mirando al cielo.

Ricardo se quedó mirando cómo el coche se perdía
tras la cuchilla de una loma, sobre la que asomaba la
espadaña de la iglesia del lugarejo.

Llegó él a la estación anterior a la ciudad, y a la
caída de la tarde emprendió a pie la vuelta a casa. El
sol se ponía tras la torre de la Colegiata, en un cielo
limpio de nubes. Las campanas lanzaron la oración;
descubrióse Ricardo y rezó, repitiendo hasta tres veces
el "y no nos dejes caer en la tentación". Y después,
al concluir el "ahora y en la hora de nuestra muerte,
amén", añadió: "Id y predicad la buena nueva por los
pueblos todos."

—¡Majadero!

Esto fué lo único que le dijo su padre cuando, ano-
checido ya, le vió entrar en casa, furtivamente.

V

Pasaron días; Ricardo y Liduvina esperaban las consecuencias de su aventura. Y pasaron meses. Al principio se cruzaron algunas cartas de forzadas ternezas, de recriminaciones, de quejas. Las de ella eran más recias, más concluyentes.

"No tienes que explicarme, Ricardo mío, lo que te pasa, porque lo adivino. No me engaña tu retórica. Tú, en rigor, no me quieres ya; creo que nunca me has querido, por lo menos no como yo te quería y aún te quiero, y buscas medio de deshacerte del que crees es un compromiso de honor, más que de cariño. Pero, mira, déjate de eso del honor, que a tal respecto estoy, aunque te parezca mentira, muy tranquila. Si no ha de ser para quererme, para quererme como yo te quiero, con toda mi alma y todo mi cuerpo, no te cases conmigo, aun habiendo pasado lo que pasó. No quiero sacrificios de esa clase. Sigue tu vocación, que yo ya veré lo que he de hacer. Pero desde ahora te juro que o he de ser tuya o de nadie. Aunque hubiese alguno tan bueno o tan tonto como para solicitarme después de lo ocurrido, de aquella chiquillada, le rechazaría, fuese el que fuese. Piensa bien lo que has de hacer."

El alma de Ricardo era, en tanto, un lago en tormenta. No dormía, no descansaba, no vivía. Volvió a sus lecturas de mística y de ascética, a sus estudios de apologética católica. Redobló y aumentó sus devociones, y dió en algunas supersticiones. Otras veces antojábasele que, al dar la última campanada de las seis, al llegar al crucero que hacían dos calles, se moriría de repente.

Preocupábale el problema de su destino. Todo aquel largo cortejo de amorío, aquella escapada ridícula, había sido obra del demonio para estorbar el cumplimiento del destino que Dios mismo, por el azar del Evangelio abierto, le había prescrito. Pero ¿y Liduvina? ¿No había ya otro destino ligado al suyo? ¿No estaban ya sus dos vidas indisolublemente unidas? ¿Y no está escrito que no desate el hombre lo que Dios mismo ata-

ra? Pero... ¿no había acaso otras almas ligadas *ab
aeterno* con la suya, otras almas cuya salud suprema
dependía de que él fuese a predicar por los pueblos
la buena nueva? ¿O es que no podía predicarla llevándose
dose consigo a ella, a Liduvina? ¿Es que el mandamiento
miento implicaba necesariamente que renunciase a reparar
parar lo que debía por ley de honor ser reparado? Por
otra parte, casarse sin cariño... Aunque éste dicen que
baja luego; el trato, la convivencia, la necesidad, el
querer quererse... Pero ¡no, no! La experiencia de
aquellos dos días, en la ciudad casi extranjera, bastaba.
Y Ricardo creía ver a la pobre anciana de enorme vientre
tre tembloroso que recorría de rodillas el vía crucis.
Y el destino de ella, de Liduvina, ¿no quedaría de todos
modos ligado al suyo? ¿No fué aquella fuga, que preparó
paró el demonio, aprovechada por Dios para mostrar
a uno y otro, a él y a ella, cuáles eran sus sendos
verdaderos destinos?

Lo que menos podía soportar Ricardo era la actitud
que su padre adoptó para con él después de la aventura.

—¡Majadero! ¡Más que majadero! —le decía—. Me
has puesto en ridículo; sí, en ridículo. Y te has puesto
en ridículo tú. ¿Tenías más que haberme dicho lo que
pensabais? Ahora creerán que soy yo un padre tirano,
que contrariaba los amores de mi hijo... ¡Majadero,
más que majadero! ¿Que no la dejaba su madre? ¿Tenías
nías más que haberla depositado? Me has puesto en
ridículo y os habéis puesto en él.

Y, en efecto, tanto sentía Ricardo que aquella fuga
habíale puesto en ridículo, que acabó por ausentarse
de su ciudad natal, a otra lejana, a casa de unos tíos.
Y en esta ciudad, una ciudad murada, donde el alma
tenía que crecer hacia el cielo, se hundió más y más
en su misticismo. Las horas se le pasaban en el soto
de piedra del misterioso ábside de la catedral.

Y allí se soñaba apóstol, profeta de una nueva edad
de fe y de heroísmo; otro Pablo, otro Agustín, otro
Bernardo, otro Vicente, arrastrando tras de sí a las
muchedumbres sedientas de adoración y de consuelo,
muchedumbres de hombres y de mujeres, y entre éstas
a Liduvina. Se soñaba en los altares, y leía de antemano
mano la piadosa leyenda que de su vida escribiría algún

estático varón y el papel que en ella había de hacer su Liduvina.

La correspondencia con ella proseguía, sólo que ahora las cartas de Ricardo eran más sermones que misivas de amor o de remordimiento.

"Mira, Ricardo mío, no me prediques tanto —le contestaba ella—; no soy tan tonta que necesite de tantas y tan revueltas palabras para entender qué es lo que quieres. Por centésima vez te diré que no quiero ser estorbo al cumplimiento del que crees ser tu destino. Yo, por mi parte, sé ya lo que hacer en cada caso, y te diré una vez más que o tuya o de ningún otro hombre."

Terribles desgarrones del alma le costó a Ricardo escribir a Liduvina la carta de despedida; pero creyendo hacerse fuerte, y sobreponerse a sí mismo, una mañana, después de haberse devotamente comulgado, se la escribió. Y fué luego tan cobarde, tan vil, que no atreviéndose a leer la contestación de ella, la quemó sin abrirla. Ante las cenizas le palpitaba furiosamente el corazón. Quería restaurar la carta quemada, leer las quejas de la esposa; la esposa, sí, éste era el nombre verdadero; de la esposa sacrificada. Pero estaba hecho; había quemado las naves. Ya aquello, gracias a Dios, no tenía remedio. Y así era mejor, mucho mejor para ambos. Entre ellos subsistiría siempre, aun cuando no se viesen, aun cuando no volviesen a cruzarse ni la mirada, ni la palabra, ni el escrito, aun cuando no volvieran a saber el uno del otro, un matrimonio espiritual. Ella sería la Beatriz de su apostolado.

Cayó de rodillas, y a solas en su cuarto, mojó con sus lágrimas el Evangelio del agüero.

VI

La vida del novicio fray Ricardo llegó a espantar al maestro de ellos; tan excesiva era. Entregábase con un ardor insano a la oración, a la penitencia, al recogimiento y, sobre todo, al estudio. No, no era natural

aquello; parecía más obra de desesperación diabólica
que no de dulce confianza en la gracia de Dios y en los
méritos de su Hijo humanado. Diríase que buscaba
ansiosamente sugerirse una vocación que no sentía,
o arrancar algo de manos del Todopoderoso. El cielo
padece fuerza, dicen las Escrituras; pero las violencias
de fray Ricardo no llevaban sello de unción evangélica.

Las penitencias eran para rescatar su aventura de
amor profano. Decíase que un matrimonio en que se
entra por el pecado nunca puede ser fecundo en bie-
nes espirituales. Rezaba por Liduvina y por su destino,
que creía indisolublemente ligado al suyo. Sin aquella fuga providencial tal vez se hubiesen casado, ma-
rrando así uno y otro el sino que les estaba divina-
mente prescrito.

Sus oraciones eran oraciones de inquietud y de tur-
bulencia. Pedía a Dios sosiego, le pedía vocación, le
pedía también fe.

Leía el Kempis, los Santos Padres, los místicos, los
apologetas y, sobre todo, las *Confesiones* de San Agustín. Creíase un nuevo Agustín, habiendo pasado, como
el africano, por experiencias de pasión carnal y del
terrestre amor humano.

Sus hermanos, los demás novicios, le miraban con
un cierto recelo y también con envidia, con esa triste
envidia que es la plaga oculta de los conventos. Parecíales que fray Ricardo buscaba singularizarse, y que
en su interior los menospreciaba. Lo cual era cierto.
Tenía que violentarse para soportar la cándida simplicidad, la satisfecha ramplonería de sus compañeros
de noviciado, la incomprensión y la tosquedad de no
pocos de ellos. Y huía de los mejores, de los más in-
genuos y sencillos, hallándolos tontos. Los maliciosos
le entretenían más. Dolíale el observar que los más
de ellos no sabían bien por qué habían entrado en el
claustro; los metieron allí sus padres, cuando eran
unos pequeñuelos, para deshacerse de ellos y no tener
que darles oficio y estado; otros empezaron por mo-
nacillos o fámulos; a otros les arrastró una oscura
visión poética de la primera y vaga adolescencia: casi
ninguno conocía el mundo, del que hablaban como de
algo lejano y misterioso. Le hacía sonreír de conmi-

seración a su simplicidad al oírles discurrir de los peligros de la carne y del pecado, de su concupiscencia. Tenían por diabólico lo que él, fray Ricardo, creía saber bien que no es sino tonto. No habían gustado la vacuidad del amor mundano.

Como entre los novicios corría el rumor confuso de la aventura que a fray Ricardo le llevó al convento, hacíanles veladas alusiones a ello, y cuando él, con su más altanera sonrisa, les daba a entender que no se debe exagerar el poderío del demonio, el mundo y la carne, le contestaban:

—Claro, usted tiene más experiencia de ellos que nosotros...

Lo que halagaba su vanidad. Pero las alusiones más directas a sus amores y su fuga con Liduvina le irritaban. Creía que ni las altas tapias del convento ni la simplicidad de sus hermanos de claustro eran barreras bastantes contra el ridículo en que en su ciudad natal se sintió envuelto.

Al maestro de novicios no acababan de convencerle los ardores de fray Ricardo. Hablando con el padre prior, le decía:

—Créame, padre, no acabo de ver claro en este fray Ricardo. Entró demasiado hecho y con malos resabios. Siempre oculta algo, no es de los que se entregan. Trata de singularizarse; se cree superior a los demás y desdeña a sus compañeros. Le molesta más la simplicidad virtuosa que el ingenio maligno. Ha llegado a confesarme que cree a los tontos peores que los malos. Le entusiasman los santos más singulares y más rigurosos, pero no creo que sea para imitarlos. Es más bien, me parece, por literatura. La vida de nuestro hermano el Beato Enrique Susón hace sus delicias; pero me temo que no es sino para convertirla en materia oratoria...

—¡En materia oratoria la vida de Susón...! —exclamó el padre prior, que pasaba por un gran orador en la orden de ellos.

—Sí, nuestro fray Ricardo se siente orador, y su vocación no es sino vocación oratoria. Y de oratoria sagrada, que es la que estima más apropiada a la índole de sus talentos. Sueña con los tiempos oratorios de

un Savonarola, de un Monsabré, de un Lacordaire...
¿Quién sabe? Acaso más. Esa revelación evangélica
que cuenta haber tenido, la del "Id y predicad la buena
nueva", le atrae, no por la buena nueva, ni por el Evangelio mismo, sino por la predicación...

—¡Padre Pedro! ¡Padre Pedro! —exclamó el padre
prior, reconventivamente.

—¡Ay padre Luis! Mire que soy perro viejo en mi
oficio... Que han pasado ya muchos novicios por mí...
Que tuve siempre cierta afición, acaso excesiva, a estos
estudios psicológicos...

—¡Hum! ¡Hum! Esto me huele a...

—Sí, lo entiendo, padre prior; pero, créame, algo
sé de vocaciones. Y la de este mozo, Dios quiera que
me engañe, pero me parece que no es vocación de religioso, sino de predicador. Y acaso de algo más...

—¿Cómo, cómo?, padre maestro, ¿qué es eso? ¿Qué
quiere decir?

—¡Vocación..., vamos..., de obispo!

—¿Lo cree usted?

—¡Que si lo creo! Este mozo es en el fondo egoísta.
Acaso hizo lo que hizo con..., pues..., con la pobre muchacha aquella a la que engañó, acaso eso no fué sino
egoísmo. Después de aquel desengaño, o lo que fuese,
se nos vino acá un poco por romanticismo y otro poco
por deseo de lucirse...

—¡Lucirse de fraile! —exclamó el padre prior, sol-
tando la más franca de las risas, que hizo ver su her-
mosa dentadura—. Lucirse de fraile! ¡Alabado sea
Dios! ¡Qué cosas se le ocurren, padre Pedro!

—Sí, lucirse de fraile he dicho, y no me retracto.
Usted, padre Luis, y yo no nos lucimos, pero en los
tiempos que corren, y para caracteres como el de nuestro novicio fray Ricardo, el hacerse fraile es algo así
como un desafío al mundo y como una de las más ro-
mánticas singularidades. Además, la ambición...

—¡Ambición!

—¡Ambición, sí! Hay puestos, hay honores, hay glo-
rias que desde aquí, desde el convento, mejor que desde otro sitio cualquiera, se alcanzan. Y yo creo que
este mozo tiene puesta su mira muy alto... No hable-
mos de esto. Y luego no será el primero a quien la

vocación teatral, obrando sobre ciertos desengaños y
sobre un fondo de religiosidad, no lo niego, ¿cómo he
de negarlo?, le haya llevado al claustro. Recuerde usted,
padre, a aquel fray Rodrigo, el carmelita, que tanto se
distinguía como actor en los teatros caseros de la
aristocracia, y que en vez de irse a las tablas se fué
a un convento...

—Sí, y ahora, fuera ya del convento, anda inventando una religión nueva, con hábito...

—¡Siempre cómico! Y éste, nuestro fray Ricardo,
lleva también un comediante dentro. Sólo que espera
acabar haciendo papel de protagonista, con una mitra,
o quién sabe; acaso suben más sus sueños...

—¿Qué, qué? Diga, padre, diga.

—¡Nada, no, nada! Esto me parece que es ya mur-
murar.

—Hace tiempo que me viene pareciendo eso.

—Pero, en fin, padre prior, yo creo de mi deber darle estos informes. Este mozo cree que nuestro traje
viste mucho. Y hasta sospecho que se tiene por guapo y quiere lucirse con el hábito blanco, desde el púlpito.

—¡Qué malicioso es usted, padre Pedro...!

—Perro viejo, padre prior, perro viejo... —"Y que
no llegará ya a obispo", pensó entre sí el padre prior,
que se había también despedido de tal esperanza.

VII

¡Si hubiese oído la pobre Liduvina este coloquio
entre el padre prior y el padre maestro de novicios!

Pero Liduvina, que había esperado a su Ricardo,
cuando éste entró en el claustro, ella también, con los
ojos secos y el corazón desolado, fué a enterrarse en
un convento. Pensó hacerlo en una orden de enseñanza
para inculcar sutilmente en las educandas el asco y el
desprecio que hacia el hombre, egoísta y cobarde, sentía. Mas ¿para qué exponerse así a que se le mostrase
el corazón al desnudo? ¿Para qué ir a exacerbar sus
dolores dándole pábulo de venganza? No; era mejor
profesar en una orden contemplativa, de recojimiento,

silencio, penitencia y oración; en un monasterio, a cuyas puertas se rompieran los ecos del mundo de fuera. Allí se enterraría en vida, a esperar a la muerte, a la justicia eterna y al amor que sacia.

Fuése a la lejana y escondida villa de Tolviedra, colgada en un repliegue de la brava serranía, y se encerró entre las cuatro paredes de un viejo convento que antaño fué de benedictinas.

En la huerta había un ciprés, hermano del de las Ursulinas de su ciudad natal, del ciprés de sus mocedades. Y sentada al pie del árbol negro contemplaba los encendidos arreboles del ocaso, recordadizos de otros. Recreábase extrañamente en aquella triste huerta, su compañera de silencio, la mayor parte de hortaliza, con sólo raras flores mustias, que ella sola regaba; aquella huerta triste, prisionera entre altos muros, jirón de naturaleza enclaustrado también. Desde allí no se veía del resto del mundo más que el cielo; el cielo, que no sufre tapiales ni cancelas. Por su azul cruzaban mansamente las nubes con frecuencia, regalándole su sombra; otras veces, alguna paloma que iba aleteando blancamente en busca de la tibieza del nido. Cuando llovía de un mismo dulce manto negro, rendíase el agua a la tierra de afuera y a la de dentro del convento. Por las noches derramaba en las estrellas la mirada de sus ojos negros o contemplaba a la media luna que, como una navecilla, parecía bogar a toda marcha entre las nubes. A días, colábanse rumores de turbas que pasaban junto a los muros, guitarras, bandurrias y cantos de romería, y un anochecer, apoyada a la tapia, sorprendió su oído, a través de ella, desliz de besos y revoloteo de suspiros rotos. Y ante estos ecos de fuera, soñaba recordando a la anciana de tembloroso vientre que recorría, de rodillas y rosario en mano, el vía crucis, en el solitario templo de las lágrimas, y aquel viaje en tren, a lo largo del río de aguas amarillas por la tormenta, entre pinos, olivos y naranjos. Aparecíasele la ciudad del pecado. ¿Del pecado? Pero ¿fué pecado, fué realmente pecado aquello? ¿Es eso el pecado que con tales colores de atracción se nos pinta? ¡Oh, el pecado es la curiosidad, sin duda, no más que la curiosidad! Por curiosidad, por ansia de conoeer, pecó Eva. ¡Y por curiosidad siguen pecando sus hijas!

¿Había sido mejor o había sido peor que Ricardo la sacrificase así? No quería saberlo. El hombre es egoísta siempre. Lo que más le dolía era la extraña sonrisa de su hermana, aquella sonrisa que le desarrugó el ceño cuando se despidió de ella a la puerta del convento diciéndole: "¡Y ahora, que seas feliz!" ¡Qué lodazal el mundo!

Y allí dentro volvió a encontrarlo; el convento era un mundo pequeño. La ociosidad, la falta de afecciones de familia, la monotonía de la existencia, exacerbaba ciertas pasiones. Aquella triste paz de los claustros estaba henchida de pequeñas pasiones y recelos, de amistades hostiles.

Una vez al año pasaba por la calle a que daban las rejas del convento una procesión de niños, y en ese día, las hermanas y las madres —¿madres?, ¡pobrecillas!— se asomaban a la reja a verlos pasar, a echarles flores deshojadas, que fingían ir al santo. De seguro que si les anuncian que iba a entrar en la ciudad Don Juan Tenorio redivivo, no se inquietan tanto en ir a verlo.

Tenía cada una en su celda su niñito Jesús, un lindo muñeco al que vestía y desnudaba y adornaba. Poníanle flores, le besaban, sobre todo a hurtadillas; alguna lo brezaba sobre sus rodillas como a un niño de verdad. Rodeábanle de flores. Una vez que un fotógrafo entró, con permiso del obispo, a sacar la vista de un arco románico que daba sobre el jardín, acudieron las monjas, cada una con su niño Jesús, para que les sacase el retrato.

—¡Quítate ahí —decía una a otra—; el mío es más lindo, mira qué ojos tiene!

Liduvina miraba en silencio y con el corazón oprimido aquella rivalidad ingenua de madres marradas. ¡Y ella que pudo tener un hijo, pero un hijo verdadero, un hijo vivo, un hijo de carne! ¡Oh!, ¿por qué, por qué fué estéril aquella escapatoria? Así, estéril como fué, resultaba ridícula; tenía razón Ricardo. ¡Pero si hubiese florecido, no! Si hubiese fructificado en un niño, en un hijo del amor. Entonces —pensaba Liduvina—, el amor habría renacido, ¡no!, se hubiese mos-

trado; porque ellos se querían, sí, se querían, aunque
el egoísmo, la vanidad de Ricardo se empeñase en no
reconocerlo. Si hubiesen tenido un hijo, Ricardo no la
habría sacrificado a aquella vocación. Vocación ¿de
qué? ¡Ah, si la pobre Liduvina hubiese oído al padre
maestro de novicios!

Y pasaba por su mente la visión radiosa de aquel
hermanito de rientes ojos azules, en medio de la corona de cabellos de oro. Y se oía llamar de allá, de
muy lejos, de las lontananzas íntimas de sus recuerdos
de mocedad primera: ¡Ina! ¡Ina! ¡Ina! ¡Qué pronto
se fué Ina con aquel ensueño fugitivo de madrugada!
¡Qué pronto se fué también la *nena* de Ricardo! Gracias a Dios que acabaría de irse del todo también pronto. ¿Adónde? A un mundo sin tanto lodo y tanta fal-
sía, sin silencio de madre, sin ceño de hermana, sin
egoísmo de novio, sin envidias de compañeras.

Más de una vez, tendida la pobre hermana Liduvina
al pie de una imagen de la Virgen Madre, le decía:
"¡Madre, Madre! ¿Por qué no conseguiste del Padre
de tu Hijo, de Nuestro Señor Todopoderoso, que mi
Ricardo me hubiese hecho madre? ¡Pero no, no..., per-
dóname!" Y se anegaba en lágrimas, queriendo resignarse al ya irrevocable destierro del convento.

En él nutría su tristeza, aquella incurable tristeza
que le acompañaría hasta el borde mismo de la tumba.
Y heríale por eso profundamente la infantil alegría
de sus hermanas de claustro, que por haber leído en
libros místicos que el verdadero santo es alegre, fingían un regocijo ruidoso y pueril de risotadas y pal-
moteos. Era durante las fiestas de Navidad, las del Dios
Niño, cuando esta boba alegría, casi de precepto, se
daba más libre curso. Era entonces, en la huerta, bailes,
entre risas locas y repiqueteo de panderetas.

—¡Vamos, hermana Liduvina!, ¿no baila?

Y ella respondía;

—No, soy muy débil de piernas.

Respetaban su tristeza, adivinando, si es que no sabiendo algo, de su origen.

Y seguían su jolgorio, exclamando alguna de vez en
cuando: "¡Ay Jesús mío bendito! ¡Qué contenta vivo!"

Y a esto llamaban vivir alegre, con la alegría de la santidad.

Y así se le iban los días, todos iguales y todos grises. No olvidaba rezar por Ricardo, para que Dios le iluminase y le perdonase.

VIII

La fama de fray Ricardo como predicador se extendía ya por la nación toda. Decíase que había renovado los tiempos de oro de la oratoria sagrada española. Era la suya, a la vez que recojida, caliente. El gesto sobrio, la entonación pausada, la exposición metódica y clara, pero por dentro un caudal de fuego contenido. Su unción era una unción inquietadora.

Algunos de los que le oían razonar le achacaban falta de pasión, porque hay majaderos que no saben que nada hay más razonador que la pasión misma. Sus antítesis y paradojas parecían a otros frutos de ingenio, sin advertir que, como en San Agustín el Africano, eran en fray Ricardo las antítesis y paradojas diamantes, duros y secos, forjados en fragua de abrasadoras pasiones. Como de ordinario sus sermones eran libres de hojarasca, le llamaban frío, confundiendo la frialdad con la sequedad. Y es que la oratoria de fray Ricardo era seca y ardiente como las arenas del desierto espiritual que su alma, encendida de ambición y de remordimiento, atravesaba.

A las veces resultaba oscuro, oscuro para los demás y oscuro para sí mismo. Era que andaba buscando sus ideas.

Y hablaba, no a las muchedumbres que le oían, sino a cada uno de los que formaban parte de ellas; hablaba de alma a alma.

Pero había en su oratoria algo de informe, algo de caótico y algo de fragmentario. Y nada, absolutamente nada de abogacía en ella. Pocos, muy pocos silogismos; parábolas, metáforas y paradojas como en el Evangelio y transiciones bruscas, verdaderos saltos.

—El caso es que, sin ser propiamente un orador, embelesa —decía algún pedante.

Solía hablar de los problemas llamados del día, de
la decadencia de la fe, de la lucha entre ésta y la
razón, entre la religión y la ciencia, de cuestiones
sociales, del egoísmo de pobres y de ricos, de la falta
de caridad y, sobre todo, de ultratumba. Cuando hablaba del amor parecía trasfigurarse.

Indicábasele ya para obispo. Pero a pesar de su
fama toda, a pesar de que su conducta era intacha-
ble, algo extraño pesaba sobre él. No acababa de hacerse simpático a los que le trataban, no acababa de
ganarse el corazón de las muchedumbres que le oían
embelesadas.

Las mujeres, sobre todo, sentían al oírle algo que
a la vez que las fascinaba, subyugándolas, hacía que
ante él temblasen. Adivinaban algo dolorosamente secreto en sus palabras ardientes. En especial oyéndo-
le hablar de algunos de sus temas favoritos, el de la
tragedia del Paraíso cuando Eva tentó a Adán, haciéndole probar del fruto prohibido del árbol de la ciencia del bien y del mal, y fueron arrojados del jardín
de la inocencia y quedó guardando su puerta un arcángel con una espada de fuego que iluminaba en rojor
sus alas. O la tragedia de Sansón y Dalila. Y es que
en sus palabras casi nunca había consuelo, sino dolo-
rosas ansias. Y algo de rudo y de desesperado.

Alguna vez, es cierto, su voz lloraba y como si su-
plicase compasión de sus oyentes. Sentíase entonces el
forcejeo de un alma presa descoyuntándose en contor-
siones para romper sus ligaduras. Pero al punto se recojía y como contraíase, y entonces eran sus conmi-
naciones más ásperas, sus profecías más recias.

Aquel predicador tormentoso no era para nuestras
pobres almas heridas, que van al templo en busca de
bizmas narcóticas y no de irritadores cauterios. Y no
era querido, no; no era querido. En vano alguna vez
trataba de ablandarse. El adusto profeta estaba con-
denado a la soledad.

Y él, a solas, sintiéndose solo, se decía: "Sí; es el
castigo de Dios por haber dejado a Liduvina, por haberla sacrificado a mi ambición. Sí, ahora lo veo claro;
creí que una mujer, una familia, serían peso y estorbo
a mis ensueños de gloria." Aunque estaba solo cerrada

los ojos, porque no quería ver, en lontananza, la sombra de una tiara. "No soy sino un egoísta —proseguía diciéndose—, un egoísta; he buscado el escenario que mejor se adapta a mis facultades histriónicas. ¡No he pensado más que en mí!"

Por fin, le llegó la coyuntura que en secreto más ambicionaba, la de poner a prueba su vocación. Y es que le llamaron a predicar al convento de las Madres de la villa de Tolviedra.

Desde que lo supo, apenas dormía. No se lo dejaba el corazón. Y gracias que el mundo, la gente, o mejor dicho el público, no sabía el nudo que con aquel convento le ataba. Era ya un secreto para casi todos. Ahora, ahora iba a darse un espectáculo único y para ellos dos solos; ahora iba a hablar de corazón a corazón, en el secreto de una muchedumbre atónita y embebecida, con la fatídica compañera de su íntimo destino; ahora iba a confesarse a ella delante de todos y sin que nadie lo advirtiese; ahora iba a vencer un trance único en los anales de la oratoria cristiana, seguramente único. ¡Si supieran aquellos pobres devotos la escena del fatídico drama que allí se representaba! El cómico del apostolado sentíase en un transporte enloquecedor.

Y llegó el día.

El templo estaba rebosante de gente ansiosa de oír al predicador famoso. Habían acudido de los pueblecillos comarcanos y hasta de la capital de la provincia. El altar parecía un ascua de oro. Dentro de la cortina que detrás de las rejas velaba el coro, adivinábase una vida de recojimiento y de éxtasis. De cuando en cuando, salía de allí alguna tos perdida.

Subió fray Ricardo pausadamente al púlpito, sacó un pañuelo y se enjugó con él la frente. La ancha manga blanca del hábito le cubrió como un ala, un momento, el rostro. Paseó su mirada por el concurso y la fijó un instante en la encortinada reja del coro. Se arrodilló a rezar la salutación angélica, apoyando la frente en las dos manos, cojidas al antepecho del púlpito. La tonsura brillaba a la luz de los cirios del altar.

Levantóse; sonaron algunas toses aisladas; rumor de faldas. Quedó todo luego en un silencio vivo.

Algo desusado le ocurría al predicador. Titubeaba, se repetía, deteníase a las veces, no logrando ocultar un extraño desasosiego. Pero fué poco a poco adueñándose de sí mismo, se le afirmó la voz y el gesto y empezó a rodar su palabra como un río de fuego sin llamas.

Los devotos oyentes contenían la respiración. Un ambiente de trágico misterio henchía el recinto del templo. Adivinábase algo solemne y único. No era un hombre, era el corazón humano el que hablaba. Y hablaba del amor, del amor divino. Y también del humano.

Cada uno de los que le oían sentíase arrastrado a las honduras del espíritu, a las entrañas de lo inconfesable. Aquella voz ardía.

Hablaba del amor que nos envuelve y domina cuando más lejos de él nos creemos.

Y decía:

"¡Esperar al Amor! ¡Sólo le espera el que ya le tiene dentro! Creemos abrazar su sombra, mientras él, el Amor, invisible a nuestros ojos, nos abraza y nos oprime. Cuando creemos que murió en nosotros, suele ser que habíamos muerto en él. Y luego despierta cuando el dolor le llama. Porque no se ama de veras sino después que el corazón del amante se remejió en almizcle de angustia con el corazón del amado. Es el amor pasión coparticipada, es compasión, es dolor común. Vivimos de él sin percatarnos de ello, como no nos damos cuenta de vivir del aire hasta los momentos de congojoso ahogo. ¡Esperar al Amor! Sólo espera al Amor, sólo le llama el que le tiene dentro de sí, el que de su sangre, aun sin saberlo, vive. Es el agua soterraña la que aviva la sequía. Sentimos a las veces sequedades abrasadoras, como las del campo desierto que se resquebraja de sed mientras ruedan sueltas sobre su haz las hojas ahornagadas por el bochorno, y entre tanto en las honduras de ese campo mismo, por debajo de las raíces de su muerto verdor, corre sobre la roca de sustento el manantial de las aguas del cielo avivadoras. Y es el rumor de esas aguas profundas el

que se funde al rumor de las hojas secas. Y llega un
punto en que la reseca tierra sedienta se abre, y bro-
tan a su sobrehaz en surtidor las ocultas aguas. Así es
el amor.

"Pero es el egoísmo, hermanas y hermanos míos, es
el triste y fiero amor propio el que nos ciega para no
ver al Amor que nos abraza y envuelve, para no sen-
tirle. Queremos robarle algo, no entregarnos por entero a él, y el Amor nos quiere y nos reclama enteros.
Queremos que sea Él nuestro, que se rinda a nuestros
locos deseos, a la rebusca de nuestro personal brillo, y
Él, el Amor, el Amor encarnado y humanado, quiere
que seamos suyos, suyos por entero y sólo suyos. ¡Y qué
pronto nos rendimos! ¡Al vernos al pie de la cuesta!
Y ¿por qué nos rendimos? Por las más tristes razones
—¡razones, sí!, miserables razones—, ¡por miedo al ridículo, acaso! ¡No por algo peor, hermanas y hermanos
míos! ¡Qué torpe, qué egoísta, qué mezquino, es el
hombre! ¡Perdón...!"

Al llegar a esta palabra, que saltó como un grito
desgarrado de las entrañas, la voz de fray Ricardo, que,
como río de fuego sin llama, iba rodando sobre el silencio vivo del devoto auditorio, se vió cortada por el des-
garrón de un sollozo que venía de detrás de la reja encortinada del coro. Hasta las llamas de los cirios del
altar parecieron estremecerse al choque de fusión de
aquellos dos gritos del alma. Fray Ricardo se trasmudó
primero como la blanca cera de los cirios del altar. Después se le encendió el rostro como el de sus llamas;
miró al vacío, dobló la cabeza sobre el pecho, se cubrió
los ojos con las manos, que apenas asomaban temblo-
rosas de sus aladas mangas blancas, y estalló a llorar
entre sollozos comprimidos que se fundieron con los
que del velado coro salían. Un momento espesóse aún
más el silencio de la muchedumbre atónita; rompieron
luego llantos, arrodillóse el predicador. Después se dis-
persaron los oyentes poco a poco.

Durante días y aun meses no se habló en Tolviedra,
y aun fuera de ella, sino de aquel singular suceso. Y los
que lo presenciaron lo recordaban después durante su
vida toda.

Parecíales que en el momento de ocurrir el estallido del misterio iba diciendo el predicador en frases rotas y conceptuosas enigmas extraños. Más adelante llegó a saberse, o entresaberse, por lo menos, algo de lo que había habido por debajo, algo del rumor del fuego soterraño que se unió al rumor de las aguas de fuera, y con ello empezaron los más avisados a penetrar en lo que había sido la oración de fray Ricardo.

Él y ella, fray Ricardo y sor Liduvina, sintiéronse más presos del destino que cuando no los separaba más que la reja de la casona del callejón de las Ursulinas. Al abrazarse y fundirse en uno sus sollozos, fundiéronse sus corazones, cayéronseles como abrasadas vestiduras, y quedó al desnudo y descubierto el amor, que desde aquella triste fuga les había sustentado las sendas soledades.

Y desde aquel día...

Salamanca, noviembre de 1911.

LITERATURA ESPAÑOLA E HISPANOAMERICANA DEL SIGLO XX EN COLECCIÓN AUSTRAL